新聞投稿と亡き妻との日々

ひとり暮らしを健やかに

井原貞徳

22世紀アート

まえがき

私が身近な思いを主題にして、朝日新聞の声欄に投稿をはじめてから30余年になる。これまで掲載された文の中から幾編かを選び、「新聞投稿と亡き妻との日々：ひとり暮らしを健やかに」を発刊することにした。

初版の「投稿つれづれ」では、掲載された投稿文が75編になったところで、一区切り付けるつもりで、一冊の本にまとめた。

その後も投稿を続け、現在は125編となっている。この間、公私ともにさまざまな出来事があった。

その中で、私にとって最たるものは、まさかの妻との死別だった。発病は驚きだった、何とか病とつき合って二人の老後を楽しむつもりだった。発病して一年半の闘病で亡くなるとは思ってもいなかった。

悲しい別れではあったが、この一年半は身体的にも精神的にも苦しかったものの、二人にとって生涯で一番濃密な時期だったように思う。

亡くなった当初は、その頃を思い出すことすら避けていた。7回忌を終えた頃から、当時の闘病記録やメール（遠隔地での治療や私が家を離れていた時に送られたメールが今も受信箱に記録されている）を読めるようになった。

もっとしてあげることはなかったか、もう少し手を尽せば良かったと悔やむことも多い。反面、苦しい治療を長びかせるより、安らかな最期が迎えられて良かったとも思っている。

妻が生きていたら、もうすぐ金婚式になるところだ。未だに妻の残した衣類や食器は多くある。又、暮らしの習慣も妻がいた時のやり方を踏襲していることが多い（食材や洗剤は同じ銘柄を買い、家事の手順も変わっていない）。

この本の一章は妻との暮らしの中で、身近に起った出来事や心に残ったあれこれを綴った投稿文を年代順に並べた。その時々の思い出や時代背景が脳裏に浮び、書きながら手が止まることもあった。

二章で一年半にわたる妻との闘病生活を書いた。これは投稿ではなく、発病時の不安やゆれる心の動きを綴ったメールや治療中の思いを原文のまま記した。公にすることは差し控えるべきかと思ったが、懸命に病と闘い前向きに生きた証としてあえて書き残した。これが亡き妻への供養にもなると信じている。

そして三章は、妻が亡くなってからの生活、これからの生き方などを投稿文から選んだ。

全体を通じて思うことは、書くことが苦痛や悲しみを軽減するのにずいぶん役立っていることだ。妻の闘病中も投稿文は書き続けた（書く頻度は少なかった）。私事ながら民生委員、老人会の会合にもできるだけ参加した。「何かすることで辛さは軽減できる」というが、その通りだと思う。妻亡き後、喪失感・悲しみから早く立ち直れたのは、何かすること（文章を書く、多くの人々との関わり）があり、仏前で打ちひしがれている時間が少なかったからだろう。

この本が、愛する人を亡くされた方々への参考となり、その後の健やかな生活の過し方に、少しでも役立てれば幸いに思う。

目次

第二章 105

第三章

第一章

妻と暮らした日々のあれこれ

【投稿文】

見知らぬ地でまさかの事故

1992（平成4）年9月23日　当時50歳

先日、所用で広島に向かって走行していた時のことである。広島市内を目前にしたトンネルを出た所で突然「ポン」という音とともにフロントガラス全面がモザイク状に割れてしまった。幸い散乱は免れ、けがはなかったが、視界が遮られて走れなくなり、徐々にスピードを落として左側の路肩に停車した。

何が何やら分からないまま、とりあえず、停止表示板を設置して車を残し、近くのガソリンスタンドへ走った。

はじめての経験で、どこにどう連絡してよいか分からなかったが、従業員のアドバイスで近くの修理工場へ電話した。そこではできないとかで、「自動車ガラス店」を紹介してくれ、きれいなガラスに交換することができた。

この間約三時間。ガソリンスタンド従業員の応対、修理工場の適切な紹介、自動車ガラス店の迅速な処置など、見知らぬ土地での多くの人たちの親切が本当に有り難かった。後で聞いたところ、フロントガラスは角の鋭い小石の衝突や風圧によって一瞬のうちに割れることがあるとのことだった。

今回の経験は、自分では「まさか」と思っているような事故も、突然起こるものだという教訓である。交通事故防止の一助になれば、と思う。

【余　録】

1992（平成4）年9月9日のことだった。休日を利用して、義父と妻との3人で広島球場に阪神・広島戦を見に出かけた。

13時頃に家を出た。

高速を下りて、トンネルを出たところで、ポンと音がしてフロントガラスがモザイク状に割れたのだ。割れ落ちることはなかったが、真白になって視界が遮られてしまった。

前方を走っていたトラックは走り去り、後続車もいなかったのが幸いして追突することもされることもなかったのが幸いだった。

文に書いた通り、修理に関わった人が皆親切で人のなさけをつくづく有難く思った。

野球は阪神が3対1で勝ち、車は災難だったが、ケガもなかったこともあり、考えようによってはラッキーな1日だった。

【投稿文】

日々の暮らし時に省みよう

1993（平成5）年2月23日　当時50歳

冬とは思えないような天気の一日、庭木の枝切りをした。勢い良く伸びた枝は、新芽をいっぱいにつけていて、春の訪れを感じさせる。枝が重なり合った部分は枯れ枝が多くなっていて、陽光と風通しの大切さがよく分かる。

作業を終えて隣接する畑に落ちた枝を片付けに行った。そこは、一段低く、我が家の生け垣を見上げるようになっている。日ごろ、枝が外に出ないように気をつけてはいたが、見ると数本の小枝が、外に向かって突き出ていた。

内側からは見えない所で、伸びているのだ。これも大急ぎで切りそろえた。「隣地の竹木の枝が境界線を越えたら、所有者に対して切るように言える」と、法にも規定があるが、現実にはなかなか出来ないものと思う。

今度のことで、内からは気付かなかったことが、外から見て初めて分かるという貴重な教訓を得た。ほかにも騒音、異臭、日照など、本人が気付かないで周囲に迷惑をかけていることがあるかも知れない。

時には、そういう目で日々の暮らしを外からながめて見るのも必要ではないかと思う。そして、正すべきは正して、より良い共同生活を築いてゆきたいものだと思う。

【余　録】

我が家は三方を道と畑に囲まれている。伸びた庭木の枝は2年に1回シルバー人材センターの人に切ってもらう。

それでも知らぬ間に小枝が伸びている時があり、自分で切っている。切った枝は細分して可燃物の収集日に出している。

当地ではゴミの分け方・出し方がかなり細かくきめられている。不具合があると引き取ってもらえないこともある。

「燃やせばごみ、分ければ資源」という合ことばがある。もし分別で迷ったら「分別表」や「分別アプリ」で確認して、より良い共同生活を送りたいものだ。

【投稿文】

改善勧めたい若者の食生活

1993（平成5）年8月13日　当時50歳

最近、二十代の若い人の中でも「肩が凝る」「腰が痛い」という声をよく聞く。先日、会社で実施した体力テストでも彼らの体力年齢の衰退は三、四十代の人よりも顕著であった。

これは生活習慣の変化や運動不足によるものと思っていたが、五日の本紙家庭面「食と健康」の中で、島田彰夫教授は「どの動物でも飢餓状態にはかなり良く耐えるようになっているが、飽食には耐えることが出来ない」と述べ、さらに「食べ過ぎ、栄養のバランスの崩れなどで食生活が乱れると肩凝りや疲労感を覚えたりする」と指摘されていた。うなずかされることである。

バランスのとれた食事の重要性を認識した上で、若い人の食生活を見聞きして気になることがいくつかある。

その中で、ジュース類の摂取が非常に多いのが目につく。休憩時、食後はもちろん、食事をしながら飲む人さえいる。ジュース類に含まれる糖分は分解する時、カルシウムを必要とし、体内のカルシウム不足につながるという。また若者に多くみられる肉類の摂（と）り過ぎも多くの弊害を生むことは周知の事実である。その他にも、朝食抜きやインスタント食品の多用も気になる。

老婆心ながら、次代を担う若い人が健康に留意し、食生活の改善に取り組むことを提言すると共に、戦後の飢餓を経験した我々の世代も飽食を反省し、今一度食生活を見直す必要があると思う。

【余　録】

この文は27年前に書いた文である。

当時危惧していた若者の食生活は、依然として改善されてないように思う。その頃の若者が子育て世代になり、子供にも伝承されているのだ。その上、過激なダイエットも流行しているようで、せっかくの健康体を損ねている者もいる。
健やかな生活を過すためには若い時の日々の食生活はとても大切だと思う。

【参　考】

食と健康
島田　彰夫
飽食に耐える
おかず半分、2倍かむ
北海道南西沖地震では、奥尻島の被災者たちが食べ物を手に入れるのに苦労しましたが、かんぱつや冷害などの自然災害による食料不足は珍しいことではありません。
このような事態に備えて、どの動物でも、飢餓状態にはかなりよく耐えられるようになっています。しかし、飽食には耐えることが困難です。例えば循環器をじわじわとむしばみます。日本は今、国民的な飽食という人類史上初めての経験をしています。世界中から集められた食べ物によって、毎日がお祭りの食事になっているのです。一九五五年、摂取エネルギーの八・七％だった脂肪は、九一年には二五・四％になりました。

食べ過ぎ、栄養のバランスの崩れなどで食生活が乱れると、肩凝りや疲労感を覚えたりすることもあります。

ある三十代のＯＬは、仕事が終わるころには、いつも疲れ切っていました。聞けば、食事は、ご飯がほんの少しで、肉類を中心に脂っこいおかずを好んで食べているというのです。そこで、食事を改善する簡単な方法を伝えました。

ご飯とみそ汁を二倍にし、おかずを半分にするのです。ご飯で十分なでん粉を取り、具のよく入ったみそ汁でたんぱく質やビタミン、ミネラルを取ります。そして、かむ回数を現在の二倍にするくらいのつもりで、食べることです。

初め「おかずが少ないとご飯が食べられない」といやがっていたのが、三週間ほどで回復しました。
これは一つの例ですが、バランスの良い食事を心掛ける必要があります。
（宮崎大学教授）

【投稿文】

自営や主婦も健診忘れずに

1993（平成5）年10月13日　当時51歳

労働安全衛生規則で「事業主は労働者に対し、年一回、定期に健康診断を実施しなければならない」と定められている。私たちの会社でも生まれ月と裏月の二回実施されている。
生まれてこの方、大病もなく健康に自信を持っていた私だったが、五十一歳を迎えた今回の健診で、糖質負荷試験の結果、正常値をわずかだがオーバーしていると判定された。放っておけば糖尿病になりやすい、という診断だった。

中高年になれば、自覚症状がなくても、成人病の兆候が現れるということを身をもって体験し、定期健康診断の重要性を再認識した。

ところで先日、散髪中に「健康診断の案内が来ていたが、忙しくて行かなかった」と理髪店の主人が話していたのを思い出した。自営業の人たちや主婦には義務づけられていないため、定期健康診断はどうしてもおろそかになりがちなのだろう。我が身のため、家族のため、どんなに多忙であっても数時間を割いて年一回は健診を受けるようお勧めしたい。

疾病予防の見地から、行政も保健医療の一層の充実に努め、全国民がいつでも手軽に定期健康診断が受けられる体制づくりをすべきだと思う。

【余　録】

後期高令者になった現在、毎年健康診断の案内表が届くようになった。私は定年退職してからも、同じ会社の診療所で検診を受けている。以前のデータ結果が残っており、体の変化が良く分り、ありがたい。

これまで、脳、肺、直腸で精密検査の指示を受けたが大事には至らなかった。毎回、不安な気持で受けているが、ガンの芽をつむと思って、これからも受け続けたい。

【投稿文】

父の五十回忌戦後に区切り

1994（平成6）年3月12日　当時51歳

このほど、各地に住む兄妹五人が集い、父の五十回忌の法要を済ませた。記録によると父は一九四四年（昭和十九年）七月二十五日応召、山口第四部隊に入隊。同年八月十七日、フィリピン方面に向けて下関港を出港、一九四五年（昭和二十年）三月十日にルソン島・リザール州マリキナの二〇〇高地で「戦死」の公報が届いたというが、その最期は定かではない。まだ若い母と八歳の兄を頭に、生まれたばかりの妹まで幼児五人を残してさぞ心残りの死だったと思う。

幸い私たちは母のがんばりで戦後の混乱期もどうにか乗り切った。父の亡くなった三十六歳という年齢もとっくに超えて一人も欠けず、霊前にそろうことができた。何よりの供養になったと思う。

ただひとつ残念だったのは、父の記憶の全くない私や妹に、その人となりを折にふれ話してくれていた母が十数年前に亡くなり、父をしのぶ話が聞けなかったことである。

父亡き後の母の労苦は並大抵ではなかったはずだ。そのため命を縮めたのなら、母もまた戦争犠牲者の一人と言って過言ではない。ともあれ、私たち五人の戦争遺児にとっての戦後はこれで一区切りついた気がする。

世界各地では紛争が絶えず、かつての我が家の悲惨を思い起こすと、戦争は今なお人ごとではない。一刻も早い平和解決を願わずにはいられない。

【余　録】

この文を投稿した後、フィリピン方面に従軍した人からお便りを頂いたが、当地は大変な激戦地であったという。特に父の出発した昭和一九年八月ごろの制空権は連合軍に握られ、輸送船の航行は危険きわまりないものだった。父の乗る船が無事にフィリピンに着いたかも定かでないが、たとえ着いたとしても、圧倒的な米軍の攻撃とその後の撤退は飢えやマラリア、アメーバ赤痢に苛まれ地獄の苦しみだっただろう。その後、戦死の公報が入り、届いた白木の箱の中には骨でなく砂が入っていたとのことだった。

戦後、兄が新聞の「たずね人」欄で父の行方を訪ねたところ、何通かの便りが寄せられた。しかし、その中にも確定できるものはなかった。フィリピン方面での戦没者は五二万人と言われ、あの混乱の中ではやむをえないことかも知れない。戦後七〇年が経ち、情報もどんどん薄れ、父の行方はますます分からなくなるだろうが、この戦争の悲劇は決して風化させてはならないと思う。

父は私が二歳の時の出征で、当然何の記憶もない。残された数少ない書き物を見ると、とても几帳面だったようで、毛筆による自己の略歴帳や手帳類には軍事記録や行事参加記録がきちんと記されている。それによると青年時代は陸上競技、弁論大会等に出場し、活躍している。

農作業の傍ら軍事教練や消防団の役を多く引き受けてもいた。その上満州事変や支那事変にも従軍しており、母との実質的な結婚生活は短いものだった。三回目の太平洋戦争への出征で戦死するまで、まさに戦争に翻弄された一生だったようだ。

若くして夫を亡くした母は「父の眠る靖国神社に参拝したい」というのが長年の夢だった。子育てを終えて、やっと念願がかなった。その時に靖国神社をバックに撮ったやすらいだ顔の写真には胸がつまる。ひごろから「戦争さえなかったら」が口ぐせで、時には「東条首相」の批判もしており、A級戦犯と言われる人との合祀も知っていたが、母にとって、靖国神社は聖域だった。母の対象は神社ではなく祀られている夫だったのだ。今でも参拝される遺族の方々は、母と同じく祀られた親族の冥福を純粋に祈っておられると思う。その参拝が軍国主義の助長と見られるのは残念でならない。

現在、総理大臣や閣僚の靖国神社参拝について近隣諸国から強く批判されており、国内にも賛否両論がある。私は二〇〇一年六月二八日に、「首相の靖国神社参拝は当然」という投稿をした。父をはじめ、国のためと思って出征、戦死した人々は自らが靖国神社に祀られることを固く信じていた。国の繁栄と平和を願い父母や妻子、弟妹を残して命をささげた人々が祀られている神社を、当国の総理大臣が「感謝と敬意を込め、平和を誓って」参拝するのは当然で素直な気持ちで受けとめたいという主旨だった。近隣諸国や国内の参拝反対者の言い分は「A級戦犯合祀の靖国神社は軍国主義の象徴」で参拝は軍国主義を助長するものだという。戦争放棄をうたった平和憲法の元で、今日の日本には武力復興のきざしはどこにもなく、反戦的思想が圧倒的多数を示している。靖国神社参拝者、イコール軍国主義者とするのは大きな認識不足である。単なる言いがかりにも思える。

ところが、この投稿してから四年後（二〇〇五年）四月下旬に中国において激しい反日デモが発生した。連動するごとく韓国でも反日運動が起こり、日中、日韓関係は一気に悪化した。

中国、韓国での日本批判の中で、首相や閣僚の靖国神社参拝が大きな比重を占めているようだ。私は戦争遺族の方々の心のよりどころである靖国神社を参拝する意志を持つ首相や閣僚の気持を尊重し、支持してきた。今もそれは心の根底にあるが、この時期、これ以上近隣諸国を刺激するのは得策ではないと思うようになった。数年前から中国、韓国へは多くの日本企業が進出し、経済的な結びつきも深くなった。要職にある人々の靖国神社参拝により、近隣諸国の反日感情を煽り、国益を損ねるとなれば、日本の平和と繁栄を願って戦死した父や戦没者の本意から外れる。ここは大局から見て、近隣諸国との友好を優先し参拝は控え、もし行くとなれば私人として慎んでお祈りして欲しい。

【投稿文】

結成31年目のチームが財産（戦後50年特集「野球」）

1995（平成7）年4月2日　当時52歳

三月十九日に開催された今年最初の市内野球・B球大会のわがチームの先発投手は五十二歳の同期生だった。チーム最高年齢の五十三歳の捕手を含め、ナインの平均年齢は四十三歳である。

初戦は二人合わせて百五歳のバッテリーをもり立て、親子ほども年齢差のある若者チームに競り勝った。その後も、チームワークと長年の経験による臨機応変のプレーで決勝まで勝ち進み、最後に敗れはしたものの、満足のゆく一日だった。

私たちの草野球チームは、野球好きの有志が集まり、昭和三十九年に結成され、今年で三十一年目を迎える。結成時はみんな独身で、四季を通じて野球に打ち込んだ。そのころ培った体力が、今に生きているように思う。

その後、それぞれが家庭を持ち、景気の浮沈などでやむなく退部する人や、主力メンバーの転勤などもあり、チーム存廃の危機に何度も見舞われた。が、そのつど新人が入部してくれてどうにか持ちこたえた。

五年前には山口県大会で悲願の優勝を果たすこともできた。創部以来の多くの思い出と、野球仲間との交流は私の大きな財産となっている。

これからも、戦争を知らない若者に交じって、数少ない戦中に生まれたプレーヤーとして、できるだけ長く野球を楽しみたい。

【余　録】

私の野球好きは兄の影響である。物心ついたころから兄の草野球につきまとっていた。当時の阪神スター選手、藤村や別当の写真を大切にする兄に習って私も阪神ファンになった。小学生のころには刈り入れ後の田んぼや草原でする兄たちの三角ベースに加わった記憶がある。

中学校に入学するとすぐに野球部に入った。二年生から正選手となり、県大会にも出場した。練習の厳しさよりも楽しみの方が多かった。特に二年生の時の夏季合宿は、練習後、川に入り夕食のおかず用に魚を捕ったりして、キャンプ気分の楽しいものだった。高校時代は用具の購入等に金額がかさみ、母に負担はかけられず野球部入部は断念した。

そのうっ憤を晴らすべく、社会人となってからは草野球に熱中した。娯楽の少ない時代で、会社帰りに広場に集まって練習するのが楽しみだった。チーム名は、某ビール会社の名柄で、当時のヒット商品だった「スタイニイ」を借用した。チーム名に違わず、市内大会では、勝っても負けても、試合中のプレーを肴にささやかな飲み会をした。時には練習後、原っぱで車座になってビールを飲んで盛り上がることもあった。

チームのメンバーとは野球以外にもサイクリングや海釣り等で楽しみを共有した。サイクリングでは後にサイクリングクラブを結成、日帰りだけでなく、五月の連休を利用して遠出するのが恒例になった。ワゴン車の上に自転車を載せて九州路、四国路、紀伊半島にまで遠征し、銀輪を連ねて走ったものだ。若さにまかせて、五月のさわやかな風を切って海辺を、新緑の中を疾走した。このサイクリングクラブはメンバーの高齢化と共に自然消滅した。現在はこうした若者のサイクリング姿も見かけなくなった。やはり趣味の多様化や団体行動よりも個人行動を好む社会風潮によるものかも知れない。

野球チームは結成して50年を超えている。メンバーの入れ替えもあり、若手選手の加入もあって平均年令も下がった。現在も最初のチーム名「スタイニイ」で伝統を守り「楽しいゲーム、楽しい飲み会」を引き継いでいるようだ。

【投稿文】

家族とともに愛犬との15年

1995（平成7）年9月18日　当時53歳

敬老の日を前に、わが家の老犬は十五歳と六カ月の生涯を閉じた。人間なら八十歳代に相当する年齢になる。この地に移ってすぐから、家族の一員として生活を共にしてきただけに、一抹の寂しさがある。

思えば、いかに多くの恩恵を与えてくれたことか。子犬のころは子供たちのアイドルとなり、近隣とのコミュニケーションを図ってくれた。元気盛りの青年期には、共に野や山を走り、中年にさしかかった私の健康維持に貢献してくれた。老年期に入ってからは、落ち着いたしぐさで気持ちをなごませてくれた。

最近は目も耳も衰え、足腰も弱り、介護が必要な状態が続いていた。今夏の猛暑もどうにか乗り切ったので、元気を回復してくれるものと思っていたところだった。眠るような安らかな死だった。

「生き物捨てる社会ショック」（十日）によると、子犬を産ませた後、親犬を捨てる人がいるという。心ある人のすることではない。人と比べ、犬の寿命は短く、かわいい子犬の時代はすぐに終わる。それからの日々を愛情をもって接し、老後の介護から最期をみとるまで世話が出来るかどうか考えて、飼育を始めて欲しい。

【余　録】

愛犬の名前はラックという。「幸運をもたらすもの」という意味がある。名前の通り、生前は多くのやすらぎを与えてくれた。

犬種はシェルティで、昭和五五（一九八〇）年五月五日に我が家の一員となった。それから一五年余り私たち夫婦と共に様々な歴史をきざんだ。

この間には母の死、義姉の死があり、悲しみに沈む私達を慰めてくれた。また、阪神大震災で被災した義姉宅への往復等で家を空けたこともあったが、ラックは不平不満もなく、帰宅すると全身で喜びを現して迎えてくれ、新たな力を与えてくれた。

晩年になり、フィラリア症にかかった。症状は安定していたが、それよりも足腰の劣えの方が心配だった。庭に柵をして自由に遊べるようにしていたが、時々横になったまま起き上がれなくなっている場合もあり、目が離せなくなった。

平成七（一九九五）年九月七日、私達夫婦が留守の間にラックは犬小屋の中で倒れていた。急いで診察してもらい、点滴注射で荒かった呼吸も穏やかになった。これから涼しくなり、元気を回復してくれるものと思っていたが、八日の朝、眠るように息を引き取った。

私は家族の一員として過ごしたラックとの一五年間の思い出やエピソードをまとめて、一九九九年七月『愛犬ラックとの十五年』（朱鳥社刊）と題する本を自費出版した。五百部の予定が二千部増刷となった。出版後、各地（遠くは北海道）から感想が寄せられ、ラックの輪が広がって嬉しかった。

昨年（二〇〇四年）になって、福岡市の女子高校生から本の感想文が届いた。それによると、彼女の家でも「ラック」という名前の犬を飼っており、私の本のラックと性質や速い走りがとても似ていて、ラックの生まれ変わりと思い、とても大事にしているという。私が本の末尾で「ラックは幸せな来世に生まれ変わって欲しい」と書いていたことを受けてのことである。手紙は「ラックは前世も、そして今も世界一の幸せ犬である」と結ばれていた。

本を出版してから五年を過ぎても、こうした素晴らしい出会いを運んでくれるラックに感謝している。今も居間のテレビの横には、私が陶芸教室で作成したラックの像が、穏やかなまなざしで見つめてくれている。

ラックよ、素晴らしい出会いを本当にありがとう！

【投稿文】

食糧の危機感余りに乏しい

1997（平成9）年2月28日　当時54歳

日本の食糧自給率が、42％まで下がったという。三十年前に七三％もあった自給率が、これほど下がった主な要因は、お米の消費の減少、畜産物の消費拡大による飼料穀物の輸入増加、食用油のための大豆や菜種などの輸入増加があげられる。

つまるところ、豊かな食生活を追い求める日本人の「飽食」が、そうさせている。

先日、町内のゴミ置き場の清掃をした。二個置いてある生ゴミ箱は、ふたが閉められないほどの満杯状態である。上の方に積み上げられた紙袋には、カラスがつついたと思われる穴があき、周辺にゴミが散乱していた。

穴のあいた袋の中をふと見ると、値札がつき、パックされたままの肉がのぞいていた。多分、買い置きしたものが古くなって捨てたものと推測される。こういうものがかなり多いらしく、「飽食」の一部をかいま見る思いがした。

大半の食糧を外国に頼っている私たちには、無駄にできる食物はない、とうことを肝に銘ずべきである。現在、自給できる米でさえ、九三年の大冷害による不作時には米パニックに陥った。このことを忘れてはならない。

食について、一人一人がもっと危機感を持ち、真剣に取り組むべきだと思う。子供のころ、私たちは「一粒のご飯も大切に」と育てられたものである。それを忘れたかのような「飽食」に走りがちな自分自身をも反省している。

【余　録】

この文を書いた頃は日本の食糧自給率が42％まで下がったとあるが、令和元年には38％となっている。年々下がり続けている現実は無視できない。
自給率低下の主な原因が「飽食」にあるという。もう一度、日々の生活を見直し、無駄をなくし食べ物を大切にするよう習慣づけよう。

【参　考】

日本の食料自給率

1．令和元年度の食料自給率
カロリーベースの食料自給率については、サンマ・サバ等の魚介類が不漁となり、米消費が減少した一方で、小麦の単収が増加したこと等により、対前年度から1ポイント上昇の38％となりました。
なお、飼料自給率については、前年度並みの25％、カロリーベースの食料国産率（飼料自給率を反映しない）は対前年度から1ポイント上昇の47％となりました。

生産額ベースの食料自給率については、豚肉等の国産単価が上昇した一方、野菜の国産単価が増収により下落し、サンマ・サバ等の魚介類が不漁となった等により、前年度並みの66％となりました。（生産額ベースの食料国産率（飼料自給率を反映しない）については、前年度並みの69％）

2．食料自給率の推移

我が国の食料自給率は、自給率の高い米の消費が減少し、飼料や原料を海外に依存している畜産物や油脂類の消費量が増えてきたことから、長期的に低下傾向で推移してきましたが、カロリーベースでは近年横ばい傾向で推移しています。

3．食料自給率の目標

令和12年度までに、カロリーベース総合食料自給率を45％、生産額ベース総合食料自給率を75％に高める目標を掲げています。また、飼料自給率と食料国産率についても併せて目標を設定しており、飼料自給率と食料国産率の双方の向上を図りながら、食料自給率の向上を図っていきます。

【投稿文】

変容した山里遊びも消えた

1997（平成9）年8月26日　当時54歳

私は中国地方の山懐で育ち、童謡「ふるさと」を地でいくような子供時代を過ごした。水ぬるむ春先は小川で小魚をすくい、夏は友達と淵瀬（ふちせ）で日が落ちるまで遊んだ。秋にはカキやクリなどのなり物を求めて野山を巡り、冬は手作りのそりや竹スキーで山道の斜面を滑ったり、雪合戦に興じた。

赴任してきた新人教師は道中、迫る山を見て「この奥に集落があるのだろうか」と不安にかられたというが、現在は高速道路のインターチェンジができ、道路も整備され交通の便がよくなった。

半面、環境は様変わりした。川の水量は減り、泳げる淵もなくなった。山に入る小道は雑木で覆われ、温暖化傾向で雪の降ることも少なくなった。

環境が子供たちの遊びを変えたのか、昔からの遊びの多くは伝承されていない。各種のゲーム機器に恵まれ、室内で遊ぶことの多い現在の子供たちよりも、自然にとけ込んで遊んだ私たちの年代層の方が、古里に対しての愛着が深いように思う。

変容したとはいえ、古里には父母の墓がある。兄妹がいつでも温かく迎えてくれ、懐かしい味や方言は、ほっとした気分にしてくれる。私にとって、古里は心のよりどころであり続けるだろう。

【余　録】

私たちの子供時代の遊び道具は、ほとんどが手作りで、場所は自然が相手の野外だった。春は草花を使って遊び、食べられる若草を捜したり、山を探険し、小川では魚を追った。山遊びで漆負けすることも良くあり、効用があるという塩入りの番茶で洗った嫌な思い出もある。

夏は川の淵での水浴びが主で、浮輪の代わりは束ねた麦ワラだった。たまには流木や枯竹を組み合せたイカダを作り、数人で乗って楽しんだりした。

石に印をして沈め、潜水して探す早さを競ったりもした。唇が紫色に変るほど寒くなると、河原の焼石に腹ばいになり背中を焼いた。おかげで、夏の間に背中の皮が何度もはがれた。夕方にはドジョウを餌にしたツケ針を川沿いに仕掛けておき、翌朝早く上げに行った。当時はウナギやナマズがかかることも度々あった。

秋には野山の果実を捜し、実の熟すのを待ちかねて山野を巡った。どこに何があるかはほとんど把握していた。

冬も、今より雪が多かった。手製のソリや竹スキーをかついで裏山に入り。みんなで山道の雪を踏み固めて急造の滑降コースを造った。それはカーブあり、ジャンプ箇所ありの変化に富むものだった。何度かはコースを外れて側のやぶの中に飛び込むこともあったが、ケガをした記憶はない。

今でも、春先になると、母の味を引きついでいる姉の作った野草の酢みそあえで幼き日々をしのんでいる。今では野草を摘む人も少なくなっているという。

【投稿文】

自治会活動で多くを学んだ

1998（平成10）年1月30日　当時55歳

昨年四月、輪番制による自治会長の役割が巡ってきた。夫婦共働きで無事に務まるか心配しながらのスタートだったが、残す任期は二カ月となった。

現在、当地は周南都市合併、上関原子力発電所設置の大きな問題にかかわっている。自分たちの生活に影響するかも知れない事柄だが、以前はそれほど深い関心がなかった。ところが、地域の主催する行事や会合に度々出席する機会を得て、切実な問題としてとらえるようになった。また、新しい出会いもあり、視野も少し広がったように思う。

今の時期、各地区で自治会役員の引き継ぎの準備が行われている。その中で、自治会長は人選に困るという。この一年、その役割を担ってきて、地域への関心が深まったこと、ごみ問題、スポーツ大会のリーダーとして、みんなの協力がどんなにうれしいか、を身にしみて感じ、多くのことを学べたと思っている。

敬遠されがちな自治会役員だが、その経験は無駄にはならないと思う。多くの人に経験してもらい、協調と奉仕の意識を高めれば、地域社会のレベルアップにつながると思う。

【余　録】

私が家を建てた１９５９（Ｓ54）年頃の自治会は、住民の平均年令が若く、とても活気があった。地区のソフトボール大会には2チーム参加し、女子バレーボールも参加は勿論のこと、毎週1回練習日があり、コミュニケーションが計られていた。

当初から自治会役員は輪番制がとられていた。自治会長の役が巡ってきたのは55才の時だった。会社務めで忙しかったが、妻の補助もあり役目を全うすることができた。

現在、町内会の平均年令は上昇し、辞退する家庭（辞退せざるを得ない家庭事情もある）も多く、人選もむつかしくなっている。

しかし、高齢化社会に向かうこれからは自治会は益々必要になり、住む我々には共に助け合う「共助」の要となる自治会の役割はとても重要だと思う。

【投稿文】

十数年ぶりに鈴虫が里帰り

1999(平成11)年11月4日　当時57歳

家の周辺の畑地から聞こえていたにぎやかな虫の音も途絶えた。廊下の隅で飼っている鈴虫の鳴き声も次第にか細くなり、秋の深まりを感じる。

鈴虫はこの夏、ふるさとに帰省した折に姉から十匹譲ってもらったもので、今は五匹に減った。連れ帰った時は個体差があり、早いものは九月ごろから鳴き始めた。最初は「リー」と一声のぎこちないものだったが、次第に張りのある声となり、最盛期には二匹、三匹が同時に鳴き、見事な輪唱で二階の寝室まで澄んだ音色を響かせてくれた。

実は十数年前にも飼ったことがある。新築・転居の忙しさにかまけて絶えてしまった。その当時、分けた姉の家では大切に飼い続け、近所に配ったり、晩年の母の慰めにもなったりしていた。図らずも、この度十数回目の代替わりをへて、我が家に里帰りしたのである。その歳月を思い巡らすと、感慨もひとしおである。

今年の鈴虫は子孫を残して間もなく一生を終える。卵のある砂地に適当な湿度を保ち、越冬させれば来春には透明なかわいい幼虫がかえる。これからまた大事に育て続け、たくさん生まれたら自然にも返したいと思う。来るべき二〇〇〇年に向けての楽しみがひとつ増えた。

【余　録】

この文を投稿した頃は妻も元気に務めていた。鈴虫も数年飼い続けたが、多忙な家事が重なった時期に途切れてしまった。

今夏（2020）、ふるさとに帰省した時、またまた、姉に5匹ほど譲ってもらった。

今度の鈴虫はルーツ不明だが何10年かぶりに飼うことになった。

8月23日夜、我が家で、鈴虫の初音を聞いた。奇しくも亡き妻の誕生日だった。これから、当分は涼やかな鳴き声を聞かせてくれるだろう。
鈴虫の飼い方は、これまでの経験を生かして、この冬をうまく越させ、独り暮しの友として長くつき合ってゆきたい。

【参　考】

5〜6月　ふ化
6〜7月　3〜4回の脱皮で小さな羽根が生える
8〜9月　6〜7回目の脱皮で成虫になる
9月〜10月　美しい声で鳴く
10月〜11月　一匹で約2００ケの卵を生む
（約70匹が育つ）

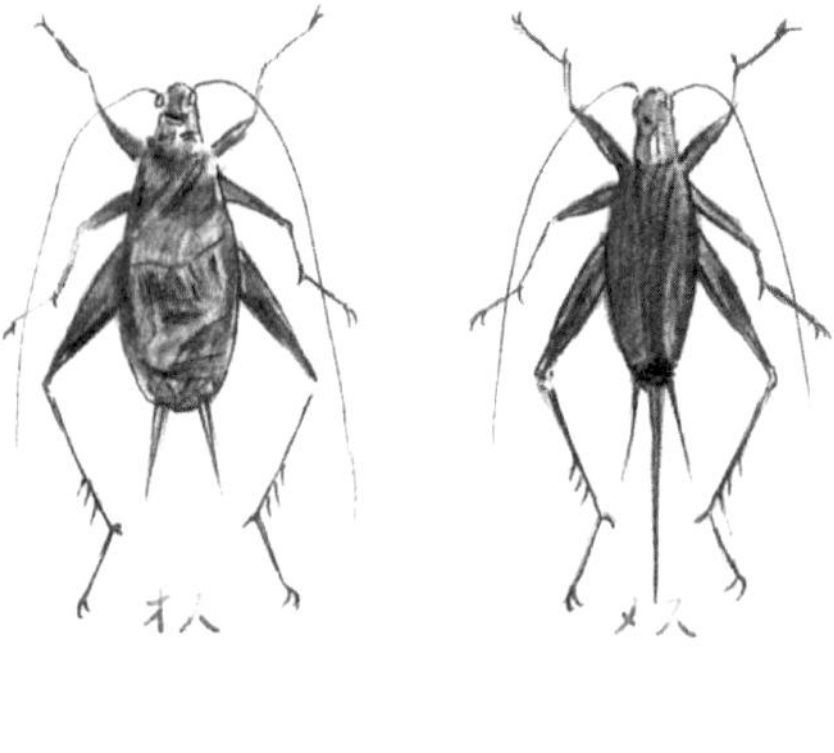

【投稿文】

途上国の子に薬剤の支援を

1999（平成11）年12月14日　当時57歳

世界の人口は、今年六十億人に達した。そんな中、紛争のために予防接種を受けられず、はしかや百日ぜきのように予防可能な感染症で死亡する子供たちが大勢おり、その数は毎日五千人以上という国連の報告がある。

現地では予防接種をするため、保健員やボランティアの人々が危険にさらされながら勇気ある活動をしているが、肝心の薬剤が不足しているという。

近年、日本でも海外ボランティア活動が活発になってきたが、限界がある。せめて薬剤補給の分野で支援できたらと思う。

三千円で子供の下痢予防経口補水塩が三百人分提供でき、六千円あれば三人の子供に六種類の予防接種ができるという。不況下にあって数千円の金額は安くないが、死にさらされた子供たちが元気に育ち、未来をになってくれることを思えば有益な出費ではないだろうか。

日本の途上国援助は八年連続で世界一だというが、この援助がこれらの子供たちに及んでいるのだろうか、知りたいところである。マスコミも途上国や紛争下にある子供たちの実情をもっと取り上げ、民間レベルでの支援活動の普及に努めて欲しい。

【余　録】

2019年末、中国で発症した新型コロナウィルス感染症は、またたく間に世界に拡がった。

2021年、3月20日現在、日本で45万人を超え、世界では1億2233万人に達し、死者も2770万人を超えている。懸念されるのは医療施設が脆弱な後進国への感染拡大である。それでなくても紛争や自然災害などで助けを必要としている地区が多い。

以前から、ユニセフへの募金はしていたが、この程「国境なき医師団日本」から寄付依頼があった。名称は災害時の活躍で良く知っていたので、協力することにした。

案内文では、先進国でほとんど命を落とすことのない「はしか」により、後進国では何千人もの子供達の命が奪われているという。食糧が不足していて、栄養状態が悪いためだという。

日本では、国民的な飽食時代と言われている。私達、一人〳〵が食生活を見直し、その分を貧しい子供達のために役立たせたいものだ。

20年前の投稿時から状況がほとんど変っていないのが苛立たしい限りである。

一方、世界の危険地区で懸命に子供達の治療に専念している医師や看護師にエールを送りたい。

【参　考】

〈国境なき医師団日本〉の事務局より

あなたのご支援により…

3、000円で120人の治療

診療を行うための基礎医療セット120人分を用意できます。

5、000円で100人のマラリア検査

年間約2億人がマラリアに感染し、40万人以上が死に至っています。

10、000円で300食の栄養治療食

栄養治療食RUTF300食分を提供できます。

30、000円で1200人のはしか予防接種

難民キャンプなどで、はしか感染を防ぐ予防接種1200人分を提供できます。

【投稿文】

ホタル乱舞に環境保全願う

2000（平成12）年6月16日　当時57歳

知人の案内で、ホタルを見に出かけた。夕やみが迫るのを待って小川沿いの小道をしばらく上る。細い山道を挟んで左側が棚田、右側に茂った雑木が沢に落ち込んでいる。沢からわき上がり、行く手の茂みから降ってくるような幻想的な光跡に感嘆の声をあげた。数十年ぶりの懐かしい景観を目の当たりに、感慨のひとときを過ごした。

私たちが子供のころ、初夏のホタル狩りは楽しみのひとつだった。田んぼに囲まれた道路に立って、次々に横切るホタルを笹竹《ささ》で追いかけて遊んだものだ。今はどうだろうか、と故郷の兄に電話で聞くと「いるにはいるが、以前の比ではない」とのことだった。

この度の「ホタルの里」復活は、卵から養殖した幼虫を沢の上流に放流し続けている知人の努力によるものである。近ごろは護岸工事で自然の川がだんだん少なくなり、えさとなるカワニナの採取が大変だと嘆いていた。

きれいに整備された川は、洪水の防止など利点があるが、引き換えに多くの生物の命を危うくしている。近年、自然環境保全が見直されつつあるが、まだ十分ではない。生活の便利さや豊かさだけの追求をやめ、生物との共存について、もっと真剣に取り組む必要があると思う。

【余　録】

ホタルは郷愁をかきたてる懐かしい昆虫のひとつである。クーラーもなく、テレビも普及してなかった時代の夕食後には外気で夕涼みをした。大人は縁側でくつろぎ、子供たちはホタルを追った。先端だけ笹葉を残した長い竹竿を持ち、採ったホタルはネギ筒に入れた。持ち帰ってカヤの中に放し、寝ころんで、糸を引くように目の前を横ぎるホタルの光を楽しんだ。少し残酷な遊びだったかも知れないが、当時の自然環境の中ではホタルの生息に影響する数ではなかった。

今回案内してくれた知人は、ホタルのほかに自然養蜂に取り組む等して、環境保全に尽くされている。天然のハチミツを頂いたが、とても濃厚で甘くまろやかでまさにふる里の味だった。

経済成長の波にのまれ、農薬使用、水質汚染によるカワニナの減少、護岸工事、河川改修等による自然環境の悪化でホタルは減少し続けてきたが、最近になり環境保護活動の一環としてホタルへの関心が高まり、各地に「ホタルの里」が生れているようだ。願わくば、人工飼育したホタルを飛ばし、人集めだけの観光行事的な「ホタル祭」ではなく、自然環境の中で、自然に発生したホタルを観賞して楽しめる「ホタルの里」づくりが望ましい。

【投稿文】

余裕ある生活今だからこそ

２００２（平成14）年1月27日　当時59歳

焦げ茶色の猫が悠然と目の前を横切る。前方を見据え、自信のある歩きぶりはどう見ても初めての侵入とは思えない。以前から通路にしているらしい。

猫の去るのを待つかのように、ピラカンサの木にジョウビタキが飛来した。白い頭、黒いのど、赤褐色の胸は雄鳥の象徴だ。赤く熟れた実を一粒ずつくちばしで転がして器用に食べる様は、見ていて飽きない。

体調不良で休養のため、久しぶりにゆっくり過ごし、ぼんやり眺めていた我が家の庭の情景である。普段は日がな一日、こういった情景が繰り広げられているのだろう。

昨年来、世事に流され、庭を眺める機会も減っていた。余裕のなさが体調不良を招いたのかもしれない。セカンドステージを目前にして、心身とも充実して業務に励む傍ら、季節の移ろい、生物の営みにもっと目を向け、心に余裕のある生活を心がけたい。

【余　録】

この投稿文のことは、すっかり忘れていた。

2002（H14）年、1月中旬頃の日記を開いてみた。1月15日付を見ると「会社で体がだるく、のどの乾きがある。早退して医院に行く」とあり。「肺炎になりかけているので入院の必要があると診断された」と記されていた。日記で見ると、数日前から風邪の症状があったようだ。

定年退職があと9ヵ月後に迫っており、何かと忙しく、結局は通院で抗生物質の点滴を続けて乗り切ったようだ。

これは、その折に休みをとって一日を家で過した時に書いた文である。

現役当時、かなり無理していた様子が伺える。今はその忙しさはない。むしろ、空き時間が多くなり、余暇をどう生かして、過すかが重要になってくる。

今のところ、会合や地域の行事で出かけることも多く、人とのふれ合いも多い。

これから、高齢者時代に入り、生涯を現役で健やかに過すため、日々のリズムを崩さず、なにげない生活を大切にして生きてゆきたい。

定年後のあれこれ

【投稿文】

定年退職機に東北路ツアー

2002（平成14）年11月7日　当時60歳

定年退職の記念と慰労を兼ね、ツアーで念願の東北地方の紅葉を見に行った。蔵王エコーラインは、車窓から雄大な連峰の眺めを満喫するつもりだったが、途中からみぞれとなり、しまいには雪による通行止めで引き返すハプニングに見舞われた。

それでも山麓《さんろく》では紅葉のトンネルをくぐり、彩られた自然林の中を走り抜けた。八甲田山では雪景色と紅葉を同時に愛《め》でるというぜいたくも味わった。

どこの観光地も総じて女性が大半を占めていた。男性は定年退職しないとまとまった休暇が取れないようだ。自分も経験してきたが、職場には旅行やレジャー目的の休暇はなかなか取れない雰囲気がある。

最近、働き盛り世代で体調を崩したり突然死したりする人が増加していると聞く。せっかくの年休を流すことなく有効に使い、気分転換することで健康体を維持して欲しい。

年に何度かの家族旅行はリフレッシュだけでなく、個人消費を生み、デフレ傾向の経済をも活性化させる効果もある。

【余　録】

2002（H14）年9月末をもって、41年余勤めた会社を定年退職した。妻はまだ勤めていたが、記念の旅に同意してくれ「4日間の東北旅行」（10／27～10／30）のツアーに参加した。

この旅行の目玉でもあった蔵王の火口湖である「お釜」には、吹雪のための交通止で行けなかったのが残念だった。

天気が回復した翌日、早朝の自由行動で十和田湖畔を妻と散策した。奥入瀬渓谷の遊歩道を歩くと、渓流沿いの紅葉が絵ハガキの様で、東北の良さを充分満喫した。

八甲田高原道も雪だった。雪の山頂からは色づいた山々の、紅葉と雪とのコントラストが眺められ、最高の贅沢さを味わった。

ガイドさんのお話では「東北の高地では、この時期の雪は珍しくない。紅葉は初旬でも見られる」とのことだったが、めったに見られない「雪と紅葉」の景色が観賞できたことは、むしろ良かったと思う。

【投稿文】

小惑星探査機帰還が楽しみ

2003（平成15）年7月10日　当時60歳

長い不況などでこのところ気持ちもふさぎがちだ。その中で楽しみなことがひとつある。先日、鹿児島宇宙空間観測所から打ち上げられた小惑星探査機「はやぶさ」の動向である。何と夢のある計画だろうと思った。探査機は約500キログラムで、大き目の家庭用冷蔵庫ぐらいだという。目指すは3億キロ先の直径500メートルほどの小惑星である。

これから軌道修正しながら、2年後、惑星に着陸して表面の砂を採取し、4年目の6月ごろに帰還カプセルをオーストラリアに投下予定。今も順調に飛行しているだろうが、先は長い。多くのハードルもある。

七夕月の星空を眺め、夢ある計画の完遂を望むとともに、日本の秀でた技術陣を誇りに思う。他分野でも大いに活躍してもらいたい。

私の10年日記の07年6月には「はやぶさ」帰還と記入してあり、その日が来るのを楽しみにしている。

【余　録】

「はやぶさ」の正式名称は文部科学省宇宙化学研究所・工学実験衛星である。この文を書いた一年後の二〇〇四年五月二〇日にはハワイ沖で、太陽を周回する軌道から、小惑星に向かう楕円軌道に修正されたという。このころに撮影された地球の写真をパソコンのホームページで見た。惑星と地球の距離は二〇万キロだったというが、とても鮮明に写っており、その技術に改めて感心した（ホームページ「小惑星探査機はやぶさ勝手に応援ページ」参照）。

その後、イオンエンジンを再稼働して今も順調に飛行している。いよいよ、二〇〇五年六月には小惑星に到着し、探査ロボット・ターゲットマーカーを投下して小惑星表面の砂を採取する。そして一一月ごろに地球への帰途につく。

小惑星と地球との距離三億キロメートルが想像できないので、私なりに縮尺してみた。ゴマ粒（一・六ミリ）ほどの探査機がおよそ月までの距離（三〇万キロ）を飛んで直径五〇センチの小惑星に到着することになる。本当に気の遠くなるぐらい素晴らしい技術である。私は台所の天井に「はやぶさ」の一二分の一の模型をテグスでつるしている（宇宙科学振興会にて購入）。微風でゆれる模型に宇宙への夢をはせ、二〇〇七年六月の帰還までの飛行を見守っている。

二〇〇五年二月二六日には、国産大型ロケット「H２A」７号が、鹿児島・種子島の宇宙航空研究開発機構種子島宇宙センターから打ち上げられて無事成功し、運輸多目的衛星「ひまわり６号」も静止軌道に入った。衛星からの新しい画像が待たれる。

二〇〇五年中に、あと三機の打ち上げが予定されているようだが、すべて成功させて日本の宇宙開発技術の高さを世界に示して欲しい。

【後　記】

この文は2005（平成17）年に書いたもので、この後はやぶさは、宇宙で一時行方不明になり、交信も途切れるトラブルが発生した。はやぶさの運用チームの懸命な修理技術により奇跡的に復活し、予定より3年遅れの2010（平成22）年6月13日に無事帰還した。このことは、6月18日付で投稿文になった。

大役を果した、はやぶさ本体はオーストラリア上空で大気圏に突入して燃え尽きた。これは日本全国に感動を与える出来事だった。

【参　考】

「はやぶさ」

キーワード

M5ロケット　宇宙研が大型の科学衛星や探査機の打ち上げ用に開発。全長約31メートル、直径約2・5メートル、重さ約140トンと、扱いやすい固体燃料によるロケットとしては世界最大級で、高度250キロの軌道に約1・8トンの衛星を打ち上げる能力を持つ。

97年の初打ち上げで電波望遠鏡衛星「はるか」を、翌98年には火星探査機「のぞみ」を宇宙に送り出したが、00年、第1段ロケット噴射口の損傷によりX線天文衛星の打ち上げに失敗。同噴射口の強化など改良を加えて4回目に臨んだ。3段式ロケットだが、今回はミューゼスCにも推進エンジンを取り付け、4段階を経て打ち上げた。

【投稿文】

激動の40余年定年で解散会（テーマ特集「同期生」）

2003（平成15）年11月23日　当時61歳

昨年、「36会」と名付けた同期会が定年者も出たため解散した。好景気にわく昭和36年に大量雇用の中で、同じ職場に配属された十数人で結成された。

初任給1万数千円からのスタートだったが、高度成長経済のもと、給与は順調に伸びた。半面、2度のオイルショックも経験し、好不況の荒波にもまれ、転勤、転籍した仲間も多かった。それでも連絡を取り合って、年に2回の同期会はずっと継続していた。

解散会は、40余年間の無事勤務と還暦を祝って夫婦同伴で行われた。会の最期には幹事の計らいで、夫から妻へ感謝の花束贈呈があった。おのおのが照れながらもユーモアにあふれたひとことを添え、会は大いに盛り上がった。

退職して1年たった。36会のメンバーとは飲み会や趣味の会で時々顔を合わせるが、同時期に同じ経験、同じ苦楽をくぐり抜けてきただけに、元気な顔を見ると心が安らぎ、ほっとする。

青春時代から還暦まで山谷を乗り越えてきた同期生の第二の人生が幸せ多いことを願い、お互いに元気で楽しく交流していきたい。

【余　録】

私は昭和三六（一九六一）年三月に島根県立津和野高等学校を卒業した。高校のある津和野町は山陰の小京都とも言われる城下町で、私はそこで三年間の寮生活を送った。はじめて家を離れての寮生活だったが、同郷の人もいてそれほど寂しさは感じなかった。一年生のころは風呂当番、食事当番、掃除当番等の役があり、ちょっとした不具合があると上級生からの説論もあったが、みんなで魚採りに行ったり、中庭でバレーボールに興じたりの楽しみの方が多かった。寮は津和野城跡の登山口にあり、休日は城跡に登って気を紛わしたり、町内の史跡を巡る楽しみもあった。

寮の部屋割は大部屋で六人、その他は三～四人だった。ともすると遊びに走りがちで、あまり勉強できる環境ではなかったが、海外文通を教わったり、鉱石ラジオの組み立て方を習ったりして新しい慰みを覚えた。時には夜中にこっそり外出し、近くの柿を失敬したりのたわいないスリルも味わった。

三年生になるころには寮生は減少したが、それだけに家庭的雰囲気でより楽しいものになった。近くの団地のフォークダンス会に参加したり、そこの子供達が寮に遊びに来たりし、そのうちに週一回の家庭教師の口もできて、学費の足しにできた。

そんな高校生活を終えてすぐの入社だった。昭和三六（一九六一）年は第二次池田勇人内閣の所得倍増計画の初年度で、景気も良く、一〇〇余名が同期入社した。そのうちの一六名が同じ職場に配属された。多くの地方出身者用に新築の寮が用意されており、海の近くの小高い丘に建つ寮生活は快適だった。休日は釣りに行き、厨房で炊いてもらって部屋で宴会をしたものだ。そのほか、草野球、スキー、ボーリング、サイクリング、ドライブ、飲み会等で青春を謳歌した。

【後　記】

この文を書いてから17年経った。「36会」のメンバーも喜寿になった。残念ながら鬼籍に入った人もいるが、ほとんどは元の職場のゴルフコンペや飲み会には元気な顔を見せてくれる。後期高齢者の仲間入りしたこれからは、今まで以上に健康に気を配り、日々の暮しの中に生きがいを見つけて前向きな生活を送りたい。

【投稿文】

フランス訪れ良さ分かった

２００４（平成16）年６月29日　当時61歳

還暦記念と妻の慰安をかねて８日間のフランス旅行をした。快晴に恵まれて思い出深い旅となった。

最初の観光地ニースは地中海沿いにあり、高台から眺めるマリンブルーの海に白い壁とオレンジ色の屋根の家並みが映え、どこを切り取っても絵はがきのようだった。

そこから北上してリヨンなどを経て１９００余キロのバスの旅では、古城、庭園、美術館を巡った。中世都市の風情に浸り、美術館の管理の良さにフランス人の遺産保存に取り組む熱意が感じられた。

フランス人のバスの運転手さんから片言の日本語で話しかけられ、地元の民謡を口ずさんでツアー客とすぐに打ち解けた。露店のサクランボを皆に配ったり、予定のコースを外れてまで景勝地を案内してくれたりのサービスぶりだった。
パリの街中で道を尋ねた人たちも、メモ書きのフランス語と片言の英語に親切に対応してくれた。訪問国を一くくりにした固定観念や先入観での判断はやめ、実際に交流して自分の肌で確かめるのがいかに大切かを学んだ。

【余　録】

私のはじめての海外旅行は平成四（一九九二）年二月のことだった。勤続三〇年記念のリフレッシュ休暇を利用して、妻と共に八日間のオーストラリアツアーに参加した。この時期、オーストラリアは夏から秋へ向かう季節で、日本と違うさわやかさだった。雄大な自然の中、はじめての異文化に触れて楽しく快適な旅だった。この旅ですっかり海外旅行の魅力にとりつかれ、その後も妻と二人でカナダ等の四カ国の海外旅行を経験した。

今回は私の還暦記念と勤めを持っている妻の慰労の旅だった。妻は結婚後、しばらくして勤め始めた。一時体調を崩したことのある妻が、これからも元気で充実した勤めができるようにリフレッシュしてもらう意図が強かった。この旅は神戸に住む姪の主導で急拠決まった。義姉も加わり、四人でのツアー参加だった。これまでの妻と二人の旅と違って、家族旅行感覚のより楽しい旅となった。

出発前の案内書によると「フランス人は母国語に誇りを持っており英語等の他国語は通じない」と書いてあった。今まで訪れた国はすべて友好的で親切に接してもらっていただけに少し不安だった。私は念のため、簡単なフランス語のフレーズをメモ書きした短冊を数枚用意して出発した。

ところが、それは取り越し苦労だった。最初の貸し切りバスの運転手ミシェルさんはとても気さくで陽気な人で、行く先々で細かい気配りをしてくれた。「アビニヨンの橋」（サン・ベネゼ橋）の見物では、橋のたもとで、「アビニヨンの橋で踊るよ　踊るよ」と、おなじみの民謡をフランス語で歌い、ツアーの女性たちと踊って皆を喜ばせてくれた。走行中に急にバスを停めたので、何事かと思っていたら、路端の露店で果物（サクランボ等）を袋一杯買って戻り、皆に配ってくれたりした。おかげで、フランス大陸をほぼ縦断した四日間のバス旅行は思い出深いものとなった。

パリ市内では、ショッピングに行く妻たちと別れて、私は一人で美術館巡りをした。メトロに乗り、ルーブル美術館を半日かけて見た後、オルセー美術館に行った。モナ・リザやミロのビーナスをはじめ、教科書や美術書で見たことのある有名画家の絵画を目のあたりにし、大満足の一日だった。街中で道を尋ねた人も、行先を書いたメモ書きを示すと親切に教えてくれた（事前に書いていた、フランス語のメモ書きは随分役立った）。片言の英語のあいさつにも、にこやかに答えてくれた。

この旅では、一人でツアーに参加していた鹿児島在住の人と意気投合し、妻たちと一緒にパリのナイトツアーを案内してもらい、華やかなショーを観覧することができた。また、モンマルトル広場では日本人画家に声をかけられ、妻の似顔絵を描いてもらい、良い思い出となった。一期一会に終わるツアー旅行が多い中で、鹿児島の人とはいつの日にか、またの旅行を約束している。

フランスは、現在二七件の世界遺産を持つ世界有数の歴史国家である。パリの街並も整然としており、至るところに彫刻やレリーフがあって芸術の都を実感した。帰途につくころは、案じていた先入観はすっかり払拭されて再び訪れてみたい国のひとつになった。私はこれからも機会のあるごとに多くの国を訪れ、他国の人々とも良い交流をしたいと願っている。

【投稿文】

高野山の宿坊秋思わせる風

2004（平成16）年8月10日　当時61歳

以前から訪れたいと思っていた高野山に参拝する機会を得た。「紀伊山地の霊場と参詣道《さんけいみち》」

の構成地として先日世界遺産に登録されたこともあり、タイムリーな訪問だった。

酷暑の関西を後に、高野山に着いたのは夕方4時ごろ。木立の間から吹き抜ける風はひんやりと心地よく、秋を思わせる。宿坊の夜もクーラーなしでゆっくりくつろげた。あくる日は高野山を開いた弘法大師（空海）ゆかりの寺院を参拝し、戦国武将や歴史ある墓所を巡って自然景観に浸り、霊気に触れた。

「樹齢数百年の古木に手を置き、高野山の空気をいっぱい吸い、謙虚に生かされていることに感謝しましょう」という法話に接し、静かな境内でそれを体感しリフレッシュした気持ちになって山を下りた。

当地では、世界遺産になってから入山者が大幅に増えたと聞いた。ともすると観光客が増加すれば俗化し、自然破壊も進むことが多い。仏都「高野山」にはいつまでも霊気に満ちた心休まる憩いの場であり続けて欲しい、と願っている。

【余　録】

高野山を訪れたのは２００４（Ｈ16）年7月18日だった。

義姉が宿坊を手配してくれていたので、夕方の入山だった。

標高９００ｍの山上だけに平地の暑さがうそのようだった。

宿坊では朝6時起床、勤行に参加させて頂いた。僧侶の読経が心にしみるようだった。仏舎利殿では、当宿坊のご本尊「普賢菩薩」や１０８体の仏様に触れ、身体強健、家内安全を祈った。

高野山の散策では、歴史ある多くの寺院を巡った。巨樹の茂る奥の院参道を歩くと身が清められるようだった。

当時は暗唱できなかった般若心経の２６２文字を妻と一緒に書き写して奉納したのは今も思い出に残っている。

【参　考】

宿坊「普賢院」

大治年間（12世紀）開基されたというご本尊は普賢菩薩

高野山

根本大塔

真言密教の根本道場にして伽羅の中心たる建物である。本尊は胎蔵界の大日如来を中心に阿閃、宝生、弥陀、釈迦の金剛界の四仏を安置する。大師弘仁10年（805年）済生利人の祈願道場として創建せしも消失すること前後四回現在の建物は昭和11年に再現したもので高さ約50メートル（16丈）約30メートル（16間）四面、内陣正面欄間には弘法の勅額が奉掲されており、壁画は堂本印象画伯の筆である。

【投稿文】

珍客の来年の帰省待たれる

２００５（平成17）年７月21日　当時62歳

２階の階段の降り口に立ち、窓から外を眺めると、目の前の電線に巣立ちしたばかりのコシアカツバメのヒナ４羽が並んで止まっていた。見ていると親鳥が飛んで来た。ヒナは羽を振るわせて餌をもらっている。その様子に気分が晴れやかになった。

このコシアカツバメは６月初旬にやってきた。２階の軒下にあったおわん形のツバメの古巣を、とっくり形にリフォームして入居した。我が家では築26年目にして初めての珍客である。

ちょうど同じ頃、鳥類の20％が絶滅の恐れという記事を読んだ。さらに生息環境が悪化しているという。図鑑などによると、コシアカツバメは都心部を離れたところに集団で営巣する習慣があるらしいが、最近では人家の軒に巣を作る例も増えているという。

我が家のコシアカツバメもどこか山中の巣を追われて来たのかも知れない。巣の場所と形からヒナの成長を観察できない寂しさはあるが、来年の帰省を待っている。

【余　録】

春先の私の楽しみにツバメの訪れがある。初ツバメを見た日を毎年日記に記している。朝夕冷える時期でも空を飛んでいる姿を見ると春の訪れを感じる。

この投稿の主役コシアカツバメは今年（２０２０）も４羽のヒナを育てた。巣の形がとっくり型でヒナの成長が観察できず、成長の度合いは鳴き声で知る。巣立ってしばらくは巣の近くの電線で親鳥から給餌を受けるのでヒナの数がわかる。

全国的にツバメの数が減少し、この種類もあまり見かけない。泥やワラで作られる巣が不衛生と嫌う人もいるが、多少壁が汚されても、我が家を選んでくれるからには優しく見守り、またの帰省を待っている。

【投稿文】

投稿を続けて老化の防止も

2006（平成18）年2月27日　当時63歳

『かたえくぼ』　投稿続け53年」（14日）を読んだ。私も声欄で最初に読むのが「かたえくぼ」である。短い文章でチクリと世相を風刺する表現にいつも感嘆し、ときにはうなり、また噴き出すこともある。

私の場合、17年前から「声」に投稿し続け、これまでに75回掲載された。テーマを見つけるためには、身近な出来事や時事に関心を持ち、ニュースは自分なりに咀嚼《そしゃく》する習慣が必要である。

投稿文を書く作業では辞書を引いて忘れた漢字を思い出し、新しい言葉を覚える。このことは脳の活性化に役立ち、老化防止につながるものと自負している。

掲載されると、未知の人から思いがけない便りをいただき、新しい出会いも生まれる。その時々の思いをつづった文を一緒に保存しておけば自分史にもなる。

これから「かたえくぼ」300回の掲載をめざすという81歳の投稿者の意気込みを見習い、私も及ばずながら100回を目標に積み重ねていきたい。

【余　録】

この時点で75回の掲載だったようだ。100回を目標にしていたが、現在、125回になっている（2020年8月）。

これまでの一編〳〵を読んでみると、その時々の時事や自分の考え方が良く分り、自分史の一端にもなっている。
投稿をはじめてから約30年になる。この間、大小さまざまな出来事があったが、投稿で文を書いたり、推敲することが気分転換となり、気持を穏やかにしてくれた。これまで体調に大きなトラブルなく来られたのも、書くことが脳活性化に役立っているのかも知れない。

【投稿文】
ゆっくり旅で心が洗われた

2006（平成18）年4月14日　当時63歳

定年退職したらトライしてみたいと考えていたことの一つがこのほど、実現した。全国のJRの普通列車に乗り放題できる「青春18きっぷ」による各駅停車の旅である。

これまでは目的地にいかに早く無駄なく行くかの旅が多かったが、今回は違った。まず訪れてみたいポイントを絞り、時刻表で乗り継ぐ駅と発着時間を調べるところから楽しみが始まった。中国地方の沿線の景色では、山あいの小さな駅舎のよく手入れされた花壇をめで、整然と耕された田園風景に早春の息吹を感じ、谷間の清流に心が洗われた。

ある時は、おばあちゃんに連れられた幼稚園児の坊やとあどけない会話をした。鉄道地図を見ながら、特産物や旧跡をしるした各駅の看板をゆっくり眺め、これまで見過ごしていた近郊に、思わぬ発見をした。

時間がゆっくり流れる今回の旅では、とても心が安らぐことを体験できた。気ぜわしく過ごす現役の人にも、こうした旅行はストレス解消の一手段として有効だと思う。

【余　録】

この投稿文がテレビ朝日のリサーチ担当の目に止まり、全国版テレビ番組「人生の楽園」で放映された（2006・平成18　8／26午後6時）。

投稿文は4月14日に掲載された。内容は青春18切符で中国地方の沿線を各駅停車で旅したものだった。まず、私の方にテレビ出演の依頼があった。条件は夫婦同伴の旅にして欲しいとのことだった。控え目な妻は反対するだろうと思っていたが、すぐに承諾した。知らなかったが、妻は時々、この番組を見ていたらしかった。

「夫婦でゆっくり青春列車の旅」が決定し、津和野―益田―山口を巡る約450kmの各駅停車の旅が撮影された。カメラ2台、音声担当、照明担当が付いた本格的なものだった。パン作りが趣味だった妻はパンを焼くシーンが撮られ、私は趣味の野球練習の様子を撮られた。約半月を要した撮影だった。映写されることで緊張することもなく、夫婦の会話も自然にできたが、画面で見ると妻がしっかりリードしていた。

ビデオにはせっかくのパン作りが、映写時間の都合でカットされていたのは残念だったが、永久に残る我家の保存版になった。

【投稿文】

戦死した父の行動判明した

2007（平成19）年1月24日　当時64歳

今年の初日《はつひ》は特別に輝いて見えた。これまで不明だった、フィリピンで戦死した父の所属部隊と行動が判明したからだ。

昨年秋、あるきっかけでフィリピン戦線からの生還者に巡り合った。そして、その人から「履歴申立書」をいただき、必要書類をそろえて県に提出したところ、父の所属部隊が判明した。しかし、部隊の動向は不明とのことだった。

その後、その人は、部隊名を手がかりに身辺資料と記録を根気よく調べ、父の出征後から戦死するまでの行動概要をまとめて下さった。そのご尽力と思いやりあふれる対応には生還者としての使命感を感じ、ただただ感謝した。

以前、県あてに父の消息を手紙で尋ねたが、満足のいく回答は得られなかった。中立書や身分証明などの書類の提出が必要であるのなら、その旨を教えて欲しかった。

先の大戦で亡くなったとされる親族の行動を知りたくても知り得ない人は多いはずだ。戦時の情報や資料を多く持っているであろう関係省庁は、親族からの調査依頼があれば真剣に取り組んで欲しい。

【余　録】

１９４５（昭和20年）３月10日にフィリピンで戦死した父の所属部隊や戦地での行動は長年不明だった。戦死公報は戦後３年経って届いたが、白木の箱の中には砂が入っていたという。

祖父は生前「戦地に行き着く前に海に沈んだんだろう」とよく口にしていた。

２００６（平成18）年になり、縁あってフィリピン戦線から生還され、軍歴調査に精通したS氏を知った。同氏の助言で島根県民生部援護課に調査を申請した結果、所属部隊と戦地での軍歴が書類で届いた。確かにフィリピンに上陸していたことが分かり、海上でないことを知った。

しかし、戦死に至るまでの行動は不明だった。その後、S氏により、「想定できる父の軍歴調査」が地図と共に送られて来た。それには父の出港時の船団名（指定）から、途中の寄港、フィリピン到着後の訓練、戦闘状況まで詳細に記されていた。資料を調べ、関係者を尋ねての調査には頭の下がる思いだった。

多少の差異はあるかも知れないが信じるに足るものだった。今まで霧の中に隠れていた父の面影が鮮明に現れた気がして、父の終焉の地を是非、訪れたいと思った。

【投稿文】

父と母しのぶ黄色のツツジ

2008（平成20）年4月5日　当時65歳

「珍しい黄色のツツジをもらった」。母は1975（昭和50）年4月14日の日記にこう記している。その6年後に64歳で急逝したが、実家の庭に植えられていたツツジを1株もらい受け、今は我が家の庭に根付いている。今年もたくさんのつぼみをつけた。

図鑑で調べたところ、キレンゲツツジが正しい名称であることを後で知った。枝先に集まって咲く黄色の花を蓮華（ハスの花）に見立ててつけられたという。

父がフィリピンで戦死後、農作業一筋で私たち5人の子どもを育ててくれた母は、余生を楽しむ間もなく働き通しの生涯を閉じた。生前、父の戦没地を訪ねるのが夢だったが、果たさずに逝った。

くしくも、昭和と平成の年号こそ違え、同じ20年3月10日の父の命日に、ルソン島マニラ市東方の戦没地を訪ねる機会に恵まれた。祭壇に母の写真や故郷の水、酒などを供えて父の冥福を祈った。遅まきながら、母の願いを代行でき、追善供養にもなったと思う。

春が巡る。庭の一角を彩る母ゆかりのキレンゲツツジが、今年も鮮やかに花開くだろうと、今から楽しみにしている。


【余録】


三月初旬、フィリピン地域の戦没者遺児を対象とする慰霊友好親善訪問団の一員として、父の戦没地フィリピン・ルソン島を訪れた。今回は総勢一三〇人が六班に分かれて、父親の眠る地域を慰霊巡拝した。

日本を発つ朝は、屋外に駐車していた車のドアが凍みつき、湯をかけて溶かす程の寒さだったが、マニラ国際空港に降り立つと、一転して四十度に近い真夏の暑さだった。

マニラ市内に入り、まず全員でリサール公園に行き、無名戦士の墓に参拝した。

一夜明けて、各班毎に分散し、それぞれの父親の眠る地域に向かった。私はルソン島マニラ市近郊で戦死した父親を持つ二十七名の遺児グループに編入された。

私達の第一日目はマニラ市内のルネタ公園、ニコルス飛行場跡、サンチャゴ要塞（元日本軍指令部跡）の三ヶ所で慰霊祭を行った。今は公園も色とりどりの花が咲き乱れ、飛行場跡や要塞周辺も整備されて六十三年前の惨状をうかがい知ることはできなかった。

二日目には、いよいよ私の父が戦死したと思われるマニラ市東部のマリキナ東方の大和山（旧日本軍が命名）に向った。限られた旅程内では山懐まで行くことができず、大和山の望める場所にバスを停めて遥拝した。圧倒的な米軍の猛爆により、山形が変ったという山々は緑に覆われて歳月の経過が感じられた。

慰霊祭はマリキナ河畔で行われ、祭壇には故郷の水、酒、母と兄弟の写真、折り鶴等を供えた。私は六十四年ぶりに初めて「お父さん」と呼びかけて以下の追悼文を読んだ。

『追悼文』（要旨）

「『お父さん』貞徳です。昭和十九年七月二十五日の出征で別れてから六十四年ぶりに会いに来ました。出征した時、私は二歳に満たず、抱かれた温もりも、会話の記憶もありませんが、『大きくなれよ』と抱き締めてくれたに違いありません。

三十五歳で年若い妻と五人の幼児を残しての戦死はさぞ心残りだったと思います。もし元気で生還していたなら、早逝した母の寿命も、もっと延び、夫婦揃っての余生を楽しめただろうと思います。又、私達の人生も変ったかも知れません。

でも安心して下さい。祖先伝来の田畑は兄が継ぎ、五人の幼児も全員が還暦を越えて元気に暮らしています。

生れ故郷を遠く離れた異国に果てたお父さん。遺骨収集は叶いませんが、魂は一緒にふるさとに帰り、母と共に『千の風』となって私達子孫を温かく見守って下さい。終りに、父と共にこの地に散華した多くの御霊の安らかならんことを祈ります。」

合掌

積年の思いを口にする時、どんな感情が湧くのか自分でも見当がつかなかった。八百字の制限のある追悼文を読む三分間に六十四年間の様々な出来事が凝縮しており、熱い思いが込み上げたが、とても爽やかな気分で読み終えることができた。長年のわだかまりが消え、心の区切りができた気がする。そして、写真でしか知らなかった父が肉付けされ、すぐそばに居るような気がした。きっと父の魂と融合し、お互いの気持ちが通じ合ったのだと解釈している。

その後も、激戦のあった各地（ボソボソ、アンチポロ、モンタルバン等）を巡拝し、私の班は四日間で九回の慰霊祭を行った。

今回のフィリピン訪問は友好親善も兼ねており、慰霊の合い間に、日本から各自が持参した学用品や衣類等のプレゼントを持って現地の小学校を訪問した。

この小学校区の子供達の多くは、トタンや板切れ等を拾い集めて作ったバロンバロンと呼ばれる小さな家に、大家族が寄り添って住んでいるというが、物質的な貧しさは人間の幸せには関係の無いことを証明するがごとく、輝く瞳と笑顔で親しく接してくれた。歓迎の歌や踊りは酷暑の中での巡拝の疲れをしばしば癒してくれた。

最終日には、各地に分散して慰霊を重ねた遺児達が、フィリピンに於て戦没した五十一万八千名の霊を慰めるために建立された「比島戦没者の碑」のあるカリラヤに集い、一人一人が献花して恒久の平和を誓った。

七日間の慰霊巡拝を通じ、特に心に残ったのは、戦時中に日本軍が多大な災禍を与えたにも拘らず、現地の人々がとても親日的だったことで、日本人の乗ったバスだと知ると沿道で手を振って送ってくれた。地方に行くと、手押しポンプで水を汲み、周囲でヤギが草を食《は》んでいる。どこか懐かしい長閑《のどか》な風景にも出会った。そこでも人々はきさくに応対してくれ、目が合うと親しげに微笑んでくれた。

いまひとつは、遺児同志の繫《つな》がりで、父親の所属部隊や戦没地、戦没年月日は異なるものの、各々が書いた追悼文の内容は生い立ちや父親を思う心情に相通じるものがあり、我が事のように思えた。ある時は、慰霊祭中に周辺のニレの大木から大量の葉が吹雪のように舞い降りて来た。遺児達は「この地に散華した将兵達の魂が喜んでくれているのだろう」と同じ感慨に浸った。他にも祭壇の周辺を舞う白い蝶を何度も目にした。その度毎に神聖な思いにかられ、その地に眠る父親の精かも知れないと感激した。巡拝を重ねる毎に全員の絆《きずな》は深くなり身内のように打ち解け、帰国後も親交を深めるために定期に会合をする約束もできた。

私自身、父の戦没地を訪ねることが夢だった亡き母の願いをも叶えることができて、追善供養になったと思う。

この戦争で散華した大部分の将兵は平凡で平和な家庭生活を送っていた人達で、親や妻子に幾多の思いを残して亡くなった。その無念を慰撫するためにも、戦争遺児は自分の世代で終りにし、次世代の子供達に二度と戦争の悲哀を味わわせてはならないとの思いをさらに強める旅となった。

【投稿文】

命の尊さ学ぶ絶好の夏休み

2008（平成20）年8月14日　当時65歳

玄関脇に置いた水鉢で、数匹のメダカを飼っている。知人に分けてもらった野生種の黒メダカである。初夏になり、日陰を作るためホテイソウを1株入れていたら、どんどん増えて水面を覆うようになった。メダカの姿が見えなくなったので、数株を間引いて別の洗面器に移した。

翌日、何げなく洗面器をのぞくと、水面を2ミリぐらいのまだ透明なメダカの稚魚が数匹泳いでいるのを見つけた。

メダカは初夏ごろから卵を産み、孵化《ふか》するがそのままにしておくと、親に食べられるので、繁殖させるにはメダカの卵が産みつけられた浮草を別の容器に移すことが必要だと後で知った。

今回は偶然にも繁殖の条件にかなった処置だったのだ。水面近くで早くも縄張りを主張し、追いかけっこをしている稚魚を見ていると、気持ちが和む。

私が少年の頃は、小川や田んぼに群れていたメダカも、今では環境の悪化で絶滅の危機にあると聞く。子どもたちには、メダカに限らず、生命の誕生や自然にかかわり、命の尊さや環境保全を学んでほしい。夏休みはその絶好の機会だと思う。

【余　録】

現在も玄関脇にはメダカの水鉢があり、稚魚が毎年見られる。夏休みは、こうした自然観察や野外活動に最適である。

ところが、2020（令和2）年は新型コロナウィルス感染症の流行で、夏休みは大幅短縮、外出さえ規制された。本来なら、子供達が一番輝く時期だったことを思うと残念でならない。

最近（9／3位）の投稿欄に、孫のためにカブトムシを捕えて届けようとしたら「怖い」

「かわいそう」との理由で遠慮された。との声が載っていた。

私が子供の頃、カブトムシは夏休みの主役だった。カブトムシに限らず、野山や川の動植物との関わりが多く、そこから多くの遊びが生れた。

野外活動がなくなったら、昔から伝承されてきた自然相手の数々の遊びは消えてゆく。子供遊びの原点が消えないように願ってやまない。

コロナ禍が収束した来年の夏こそ、野外に子供達の楽しい喚声がこだますることを期待している。

第二章

辛苦の2年（2009〜2010）

２００９年

２００９年正月は大阪の姉と姪が訪れ、にぎやかな年明けだった。妻は夜遅くまで、ハワイ旅行に精通した姪達と話し込んでいた。その結果、すっかりハワイ行きに気持が傾いたようだった。

１月中旬には旅行者に申し込み、２月５日には旅行に出発した。こんなに積極的で元気な妻に病魔がしのびよっているとは夢想だにしなかった。

私たちがはじめて海外に出かけたのは１９９２年(平成４年)だった。勤続30年記念のリフレッシュ休暇を利用してのオーストラリアツアーへ参加したのだ。天候にも恵まれ、快適な旅だった。これまで、妻は紀行文など書くことはなかったが、唯一最後の旅となったハワイ旅行については写真を編集して記録してくれた。この章では、妻が残してくれた、思い出のハワイの旅日記と発病、闘病、その間に送られたメールをそのまま記す。

夢のハワイ旅行（2／5～2／10）

初めてのハワイだぁ　2009　2／5～2／10

なんとラッキーなことに初めてビジネスクラス乗れました。
なんだかいい旅になる予感！
（補足：旅行社の手違いで席がなく、ビジネスクラスに編入された）

2月6日、

地図を片手にいざ出陣

今日はダイヤモンドヘッドへ出発

登れるかなぁと思ったけど主人に後押しし

てもらって頂上まで

（息があがってフゥフゥ）

この景色を見たら疲れもなんのその

お天気もよく本当にキレイでした。

2月7日、
ハレクラニホテルで夕食を食べながらハワイアン・フラダンスを楽しみました。
だんだんサンセットに
夕焼けがとっても綺麗でした。

2月8日(朝)

今日はKCCファーマーズ・マーケットで
朝食を!(ティファニーではありません)
野菜や果物、お花も沢山
チャッカリ試食も。

思わずあちこちと目移りが

2月8日（夕方）

さぁ夕食は焼肉ひろしでスタミナを！

私はあまりお肉が好きではないのですがとっても美味しかったです。
牛タン、ロース、カルビーとこんなに食べたのは久しぶりです。
主人はビール（美味しい！）

2月9日(朝)

今日はいよいよ帰国です。

朝少しホテル周辺を散策した

パークホテルの前にスポーツカー?

チョッと記念写真を

何処を見てもきれいな緑と海の色

あぁもう少しいたいなぁ

オリオリトロリーさん　ありがとう。
また来ますね

2月9日（帰国前のひととき）

帰国の日ロイヤルハワイアンセンターでエルメスのバーゲンがありました。

ホテル出発が10時30分なので残念ながら見ることができませんでした。

でも本当に楽しいハワイでした。みんながはまるのがよくわかりましたよ。

色々ハワイ情報を教えてもらっていたおかげで、体調もよくほとんど計画通りで大満足です。また行けたらいいなぁ〜

本当にありがとうございました。

（補足）

旅行前にハワイの見どころなどをいろいろ

教えてくれた大阪の姪や、出発と帰国時に送り迎えをしてくれた神戸の姪達への感謝のことばです。

下は今回のお買い物の一部です。

上着はアラモアナでつい衝動買いを！

チョッとしたので迷いはしたものの

いつもの「まぁ、いいか」でした。

検査・治療の日々

２００９年、５月14日昼過、妻はひどく憔悴しきった顔で帰宅するなり、大きな紙袋をソファに投げた。

その日は一週間前に受けた健康診断結果の通知日で、午前中に出かけていた。紙袋を見るとレントゲンフィルムの箱が入っていた。聞くと「肺に影があり、山大の病院で精密検査を受けるように言われた」という。突然のことで私は言葉に詰まった。平気を装って「精密検査は良くあること、大きな病院で診てもらおう」と答えた。毎年検診している妻に異変があるはずはなく、何かの間違いだと信じていた。妻はうわの空で、私のことばも耳に入らぬ様子で、室内をうろうろするばかりだった。気持の持って行きようがなく、吐け口を神戸に住む姉へと向けた。姉はすぐに神戸に来るようにすすめたようだ。姉の家から歩いてゆける距離に神戸医学部大学病院がある。そこでの診察をすすめたのだ。妻は何のつてもない山口の病院より、姉や姪達の住む神戸を選んだのだろう。

妻は取るものも取りあえず、すぐに夕方の新幹線に乗った。私は地域の行事があり、翌日にそれを終えたら後を追うことにした。その時はまだ重大だとは思わず、異常なしの診断を信じていた。

検査・治療はじまる

5月16日　清水医院診察

△神戸大学病院への紹介状を受ける。

※7：53メール

昨夜、気分が悪くなったけど、少しは眠れました。ご飯が食べられません。つらいです。

※12：44メール

点滴を終えて、多都子（姪）が迎えに来てくれるのを待っています。こんなことになるなんて信じられません。心配かけてごめんなさい。ご飯をがんばって食べ、前向きに考えるようにします。

※５／17　７：36メール（神大診察前日）

昨日、三宮に出てパジャマを買い、似顔絵を描いてもらいました。すっごく若く綺麗に描いてもらいました。今朝早く目が覚めて眠れないよ。なんだか現実感がなく、変な気持です。（今もこの絵は二階の室にあります。本当に若く描かれている）

５月18日　神戸大学医学部附属病院で診察

△肺癌の可能性ありの診断。

５月19日　気管支内視鏡による組織の病理検査

５月21日　内視鏡検査結果を聞く。

△腫瘍の判定できず、再検とのこと。

5月21日　神戸100年記念病院で骨シンチ検査
5月26日　神大で2回目の気管内視鏡検査
6月1日　神戸100年記念病院でMRI検査
6月4日　内視鏡検査結果を聞く。
△今回も組織の判定できずとのこと。
6月8日　白眉会病院で胸部CT検査
6月15日　白眉会病院で腹部CT検査
6月19日　先端医療センターでPET検査
6月25日　神大で、これまでの一連検査結果を聞く。
△腹や頭の検査結果はすべて正常。だが、右腰と背骨の一部に影が認められる。抗癌治療を勧められる。
6月29日　広島大学医学病院でセカンドオピニオン
△肺癌権威のM先生も神大とほぼ同じ診断。

6月30日　神大で3回目の内視鏡での病理検査
　※発病が発覚してから、約一ヵ月半で一連の検査が終了した。この間、私は光と神戸間を何往復もし、民生委員などの会合、研修にも出席した。妻も気晴らしに姪達と高野山に行ったり、検査のあい間には、地元の整体医院にも通った。整体の先生から「手術することはない」と言われ、元気をもらったようだ。
　久しぶりに妻の手料理で夕食を食べ、少し元気の出た様子を見て、平凡な生活のありがたさをつくづく感じる。
7月6日　神大で6／30の内視鏡検査結果を聞く。
△今回も組織判定できず開胸手術することになる。
7月10日　開胸手術のため、神大入院
△手術前検査、採血2回他あり。
7月13日　手術についての説明あり（担当医）
7月14日　神大で開胸手術（14：30～17：00）

7月15日　ＩＣＵ室から一般病棟へ移る。
7月17日　食事もでき、歩けるようになる。
△つき添っていた私は民生委員行事で帰光。
※7／18　6：13メール

3時30分に、目が覚め、ずっと起きています。曇っていますが、雨はなさそうです。庭の花は枯れたでしょうね。咲き終った花は思いきり、切り込んでおけば咲きますからね。

（妻はガーデニングが趣味だった）
7月20日　神大を退院（姉の家へ）
※7／21　17：20メール（着替の衣類を頼まれる）

いろいろ頼みごとして大変だったね。
そちらは雨で災害が出ているみたいで心配です。痛みが続いて歩くのも苦痛です。くじけそうになります。明日待ってます。

7月23日　神大で開胸検査結果を聞く。
△非小細胞癌との診断で抗癌剤投与を勧められる。
7月24日　信和山教覚寺にお参りして帰光
7月30日　朝の新幹線で神戸へ出発。
△胸の痛さが激しく、神大で診察（私は翌日帰る）。

※7／31　21：42　熱が38度、今晩は眠られそうにないみたい。あなたが帰ってすぐ悪くなりました。そんなに優等生にはなれません（みんなが口々にがんばれ、がんばれと激励するのに対しての返事と思う）。

※8／7　9：05　夕方から、姉、姪達4人でデパートに行き買物をし、食事しました。

※8／8　7：55　気分が悪い朝です。だんだん恐くなってくる。

治験による抗癌剤治療

治験について

神戸大学医学部附属病院の診断で、非小細胞癌と告げられてから、何とか治癒する方法はないものかと書物を読みあさり、パソコンでも調べた。しかし、現在の医学では難しい部類の癌であることを知った。

そんな時、有効な治療として治験への参加があると聞いた。患者に新薬を投与して効きめや副作用などを試すのが治験で、同意するかどうかは自由だった。

海外では試されているが、日本人では120名が臨床試験しているという。21日を1サイクルとし、6サイクルの治療は負担も大きく、当分悩みに悩んだ末、治癒した例もあることを知り、効果あることを願って妻も参加することを希望した。8月3日に同意書に署名してスタートした。

（治験による抗癌剤治療）

8月10日　神大入院

8月11日　治験による治療開始

△第1クール治療

タキソール、パラプラチン、ＡＳＡ４０４

※翌日は少し食べられたが、その後激しい吐気あり、姉が持ってきたソーメンを食べたり、点滴を受ける。

8月18日　神大退院

8月21日　発熱あり　神大で点滴うける。

※8／12　23：16　薬を全部吐いた。しんどい。もう飲めません。

※8／25　20：45　やっぱりご飯はわずかしか食べられません。辛いです。

髪がどんどん抜けてカットに行きたいけど、こんな感じでは行けそうにないなぁ、どうしょう。

※８／26　19：00　今日は少し気分が良かった。髪が気持が悪いぐらい抜け出したので短く切って来ました。帰って久しぶりにシャンプーをしました。ご飯はなかなか食べられません。

※８／27　８：18　まだ、なかなか前進できなくて落ち込み気味だ。でも空元気でゴー。

※８／28　９：00（再入院のつき添いに行く私への心配）準備できましたか。季節が変るので、あれこれ思っています。今、年金の書類を書いています（８／23で60才になり、年金の手続きをしている）。丸坊主になりました。

※８／30　７：15　暑くなりそうなので気をつけてね。昨日は焼肉屋に行って沢山食べました。着く時間を教えてね（沢山食べられてとても嬉しそう）。

８月31日　治験による抗癌剤治療のため入院

９月４日　第２クール抗癌剤治療

△８／31に開始予定が発熱のため９／４に延期。第１クールよりも少しま

しのようで、市場で買ってきた焼イモを少し食べたこともあった。（ナシやぶどうも口に合うようだ。）

9月15日　神大を退院（私は行事で帰光）

※9／15　18：32　今葛山（カツラの店）に来ています。短めと長めの2つ買って良いですか。

※9／16　8：19　涼しくなってきたので服を考えて下さいね。長袖シャツとかに。

※9／16　18：49（私の家事について）お疲れさまでした。絶対に無理しないでね。

※9／17　7：17　お天気のように体も晴れてくれればいいんだけどなあ。今日も忙しい日になりそうですね。なかなかエンジンがかかりません。阪神ゴーゴー（阪神が巨人に連勝した）。

※9／18　8：08　昼からCTです。ちょっと心配ですが、がんばってきます。

※9／19　9：46　ちょこちょこ出かけたりしてご飯もそこそこ食べています。CT検査の結果が心配です。

※9／20　10：11　多都子と伊都子家族とグッズをいっぱい持って甲子園に行って来ました。おいちゃんも一緒なら良かったのにと言っていました。

※9／23　8：15　メールで目が覚めました（神戸着のメールを送る）。複雑な気持が行ったり来たりして重たい気分。気をつけて来てね。待っています。

9月24日　神大でこれまでの総合結果を聞く。

△肺癌が1／2に縮小しているとの診断。

10月1日　第3クール抗癌剤治療で入院

10月2日　第3クール治療開始

△前回、前々回に比べると、吐気は少ないが、日によっては微熱が続いたり、点滴を受ける。

10月16日　神大を退院（しばらく姉宅で静養）

※10／16　7：59　不安をかかえての退院です。荷物（衣類）送ります。帰

って整理します。

※10／18　9：15　昨日は少し長い外出になりましたが、疲れはあまり感ぜずにすみました。ご飯はまだまだですが割と元気です。

※10／19　8：14　今起きたところです。

気分はまあまあです。カタライザーも飲んでます。

10月23日　田中眼科診察（光）

△左目に白内障の症状があり（11／18手術予定）。

【投稿文】

高齢者が話す椎の実の思い出

２００９（平成21）年10月29日　当時67歳

さわやかな秋晴れの朝、老人会員約80人が集い、地元神社の清掃奉仕をした。台風の影響で境内に落下した小枝や落ち葉をかき集め、石段脇の雑草を刈って、1時間余りですっかり奇麗になった。併せて新ワラのしめ縄も手慣れた会員の方で仕上げられた。

合間に先輩方から神社の由来や昔の話などを聞きながらの、和気あいあいの作業だった。その話の中に境内にたくさん落ちている、小さな椎《しい》の実についての思い出話があった。

戦争中の食糧難の頃には椎の実を食用にしたという。生でも炒《い》っても食べられるというので、1粒食べてみた。割ると生栗のようだが、少し渋みがあり、甘みはなかった。

自分の少年時代も食糧は乏しかったが、80代、90代の方々はもっと多くの苦難を乗り越えてきたのだ。高齢者にとって今までの苦労が報われるような、医療や福祉面で思いやりのある施策を新政権に望んでやまない。

作業が終わり、来年もみんな元気で奉仕出来ることを願って解散した。

【余　録】

9月の第2日曜日は地区神社の清掃奉仕で、老人会の恒例行事だった。正月には、私も毎年参拝している神社である。5月上旬には参道周辺に30種、３００本のシャクナゲが咲き誇る名所にもなっている。境内には椎の大木が数本あり、この時期に多くの実を落した。落葉や枯枝を掃き集め雑草を引く作業は労働奉仕でありながら、なごやかな交流の場である。先輩達から地域の歴史や戦時下の生活が自然に聞けた。

妻が闘病中だったが、こうした行事にはできるだけ参加した。何かと雑用があり日程を都合するのに苦労したが、何かに集中することで、気の安らぐこともあった。

（治験による抗癌剤治療）

11月2日　神大で一連の治療結果を聞く。

△抗癌剤治療後の結果は血液検査も良好で癌の進行もないとのことだった。このまま快方に向うことを願う。

幻のハワイ旅行

神大でこれまでの一連の検査結果を聞いた血液検査、CTとも良好で、癌も進行してないという。主治医には「12月頃までは安穏な生活が送れるだろうから旅行でもしてきたら」といわれた。久しぶりに気持が楽になった。

さっそく、姉一家と一緒に気晴らしにハワイへ行こうということになった。11月下旬に行くことになり、11月3日にはＪＴＢに行って日程も決まった。

ところが、その夜（11／3）、姪の多都子が腹痛になり、緊急入院し、11月4日には手術することになった。妻は長期の治療で疲れたとは思うが、つき添いを元気に務めてくれた。このまま健やかに過せるよう願った。

旅行は幻に終ったが、これも旅疲れするより、ゆっくり休養するようにとの天からのサインだったのだろう。

免疫細胞治療について（周南病院）

免疫細胞治療

ガンに関する健康講座で、ガン治療と併用でき、自然治癒力（基礎抵抗力）を高めるのに、免疫細胞治療が有効だと知った。自分自身の免疫力を利用してガンを抑え、副作用も少ないと言う。

幸いに、通える近くに治療院があり、妻と一緒に免疫細胞治療の内容を伺いに行った。この療法により、改善した例も多くあるとの説明で希望を託してみることにした。

治療法を簡単に記すと、①本人の血液（20 cc）を採取する、②リンパ球と血漿を分離する、③リンパ球を培養する、④活性化したリンパ球を本人の体に戻す。このサイクルを2週間ごとに6回くり返し、3ヵ月で1コースが終了する。加えて、抗酸化作用を持つビタミンCの点滴も有効との説明があった。

ガンの手術ができなかっただけに、この治療法を加えることで、良い効果が得られるように心から期待した。

（免疫細胞治療について（周南病院））

11月13日　第1回ビタミンC点滴
△はじめてなので12・5gを3時間かけてゆっくり注入。
11月18日　白内障手術
△11／14に説明会があり、本日手術したが、思ったより簡単に終った。
11月20日　第2回ビタミンC点滴
△25gと量を増やしたが、1時間で終了。
11月24日　第3回ビタミンC点滴
△量を50gに増やした（体を温めると楽に入る）。
11月27日　第4回ビタミンC点滴

△50g注入（順調）。
12月2日　第1回の免疫細胞治療
△リンパ球培養のため採血。
12月4日　第5回ビタミンC点滴
△50g注入（順調に終り、このところ体調も良く、夕食にはブタ汁の手料理を作る）。
12月11日　第6回ビタミンC点滴
△50g注入（一人で車を運転して行く）。
12月14日　神大にて定期検診
△CT検査実施、11／2と比べて余り変化なし、血液検査も良好に推移している。
（免疫細胞治療の効果かと希望を持つ。）
12月17日　第2回の免疫細胞点滴
△培養のリンパ球を注入。
12月22日　第7回ビタミンC点滴

△50g注入、神大でも使用のゾメタ（骨転移を改善）も注入。
12月29日　第8回ビタミンC点滴
△50g注入（少し体調不良で点滴がうまくゆかず、針を3回刺し替）。

2010年旅立ちまでの日々

1月5日　第3回の免疫細胞点滴
△点滴と同時に採血。
1月12日　第9回ビタミンC点滴
△50cc注入（針が5回目で入る・寒いと入らない）。
1月19日　第4回目の免疫細胞点滴

△針3回目で入る。ゾメタ2回目注入。
1月27日　神大で定期検診
△12／14と比べて少し増大しているが、進行は遅い。
腎臓に2㎝ぐらいの転移あり。

今後、なんらかの症状が出たり、進行スピードが早くなったら入院の必要があるとのこと。

1月30日　体調不良。
△1／27のCTの結果で気弱になっている。
2月1日　周南病院で点滴を受ける。
2月2日　第5回目の免疫細胞点滴
2月12日　第10回目ビタミンC点滴
△50g注入、途中2回吐いたので、吐き気止の点滴追加、帰りに漢方（食欲不振改善）を買う。
2月16日　第6回目の免疫細胞点滴

△点滴とゾメタ点滴（針7回）。
これで1クール終了。
2月24日　体調不良で神大診察
△外来診察で主治医不在。
2月25日　神大で診察
△主治医から、精神科のカウンセラーへ回される。
※20：11　メール
せっかく食べたのに残念ながら戻してしまいました。あーあ、今プチトマト食べてます。
2月26日　神大受診（姉つき添い）
△骨シンチと精神科カウンセラーを受ける。
※2／27　19：12メール（オリンピック感想）
オリンピック終ったら寂しくなりそう。
真央ちゃんは良くがんばったね。なにを見てもただただ感動でした（2／28にバンク

ーバ五輪閉幕）
3月3日　神大診察
△胸部レントゲンと採血、精神科カウンセラー。
3月4日　3／3の診察結果を聞く。
△腫瘍が大きくなっており、腰にも転移ありとのこと。ゾメタ点滴とビタミンの注射をする。一週間後ぐらいに再入院とのこと。
3月5日　白眉会クリニックでCT検査
3月9日　神大診察
△食欲不振で吐くことが多く、点滴を受ける。
※11：56メール
点滴開始、1時間ぐらいかかりそう。頭の中ぐちゃぐちゃ＝なんちゅうこっちゃ。
（いらいらを軽口でまぎらわしているようだ。）
3月11日　神大検査入院

△腫瘍が大きくなっているのと腰への転移あり。
（緩和ケアチームの臨床研究の同意書サイン。）
3月11日　抗ガン治療
△抗ガン剤ペメトレキセド点滴、ビタミン剤点滴。
3月16日　神大病室移動
△昨日、39度の発熱あり、抗生物質点滴で落ちつく。点滴続き、レントゲン検査あり。
3月24日　神大退院（白石家へ）
3月29日　神大診察
△血液検査、レントゲンともに良好。
4月5日　神大診察
△血液検査良好、白血球O.K.。
4月12日　神大診察
△採血、レントゲン検査、ゾメタ、ペメトレキセド点滴。

4月21日　五嶋医院（光）で点滴
△4／12以降、胃や背中、腰の痛みあり。
4月22日　五嶋医院（光）で診察
△白血球値が下がっているとのことで、夕方神戸へ。
4月23日　神大で点滴
4月26日　神大で診察
△採血、レントゲン検査、肝臓の値が悪化。
4月28日　（神戸で静養）
※4／28　6：52メール
なかなか思うようにならず、いらだちとの葛藤です。体力のなさがはがゆい。頑張っても、すぐ疲れてしまう‼
※4／30　7：54
忙しそうですね。なかなか思うようにならなくイライラします。早く帰りたいなあ。

※5／1　9：32メール

昨夜から、今朝にかけてもどしてばかりです。みんな気分を変えてというけど、しんどかったら何にもする気がしないのに。それでも動けと言うのか。解ってもらえない苛立ちです。一緒に帰っておけば良かった。

5月3日　神大診察

△診察してもらい、採血をし、レントゲンとる。

5月5日　神大で採血結果を聞く。

△白血球値改善、レントゲン結果も良い。

※7：56メール

診察の時、山大医学部に変ることができるか、聞いてみようと思うがどうでしょう。神大に来るのもだんだんしんどくなる気がします。

5月6日　10日ぶりに帰光

△5／5の結果が良かったので、少し元気が出たようだ。

5月8日　井本整体で施療（徳山）
5月14日　井本整体で施療（徳山）
5月24日　井本整体で施療（徳山）
△この頃、背中の痛み続く。それでもイタリア料理店、お好み焼などの、食事処に出かけて、比較的良く食べた。（古衣をまとめてリサイクルに出す。）
6月7日　五嶋医院（光）で点滴
6月11日　神大診察
△採血、CT検査。
6月14日　主治医の問診あり。
△肺の腫瘍は縮小しているが、腰骨への転移が増大しており、放射線治療を10回実施する予定。
6月17日　百年記念病院で診察
△放射線治療のためCT検査など。

6月17日　百年記念病院で放射線治療始まる。
6月22日　百年記念病院に通院（1人で通院）。
※8：59メール
今回で3回目です。頑張って行ってきます。ご飯が食べられないのが困ります。

【投稿文】

「はやぶさ」の帰還

世界初の快挙　さらなる挑戦を

２０１０（平成22）年６月18日　当時67歳

13日夜、小惑星探査機「はやぶさ」が7年ぶりに帰還した。本体は直径40センチのカプセルを分離したのち大気圏に突入し、燃え尽きた。その映像を見て、大役を果たしたすがすがしさを感じた。

宇宙で一時行方不明になったり、エンジン4基が故障したりのトラブルを、地球からの精妙な操作で補っての生還である。約60億キロの宇宙の旅は壮大な気を養い、些事《さじ》へのこだわりを解消させてくれ、絶体絶命のピンチを乗り越えたけなげさには元気をもらった。

オーストラリアの砂漠に落下したカプセルに、目的だった小惑星「イトカワ」の砂が採取されているかどうかは不明だが、月より遠い天体に着陸して戻るのは世界初の快挙である。
地上では打ち上げ時の小泉氏から5人目の菅首相に代わっている。この世界に誇れるすばらしい技術を、事業仕分けで縮小させることなく、次なる宇宙への挑戦を後押ししてくれることを強く望んでいる。

【余　録】

この投稿は【前掲　小惑星探査機帰還が楽しみ】の続編である。07年6月に帰還する予定であったが、たび重なるトラブルで3年遅れの10年6月に帰還した。その感動を書いたものである。
日本の世界に誇るこの技術が医学にも適用され、ガン撲滅に力を発揮してくれるよう願っている。

※「はやぶさ」は2020（令和2）年12月6日に無事帰還し、小惑星りゅうぐうの砂が入ったカプセルを地球に放出し、現在は別の小惑星をめざしている。次は11年後に到着予定だ。

（2010年─旅立ちまでの日々）

6月30日　百年記念病院での放射線治療完了
7月5日　神大で診察
△腰骨の状態を聞く、ゾメタ点滴。
　痛み止のトンプクをもらう。
7月15日　神大で診察
△採血、レントゲン検査。
8月4日　神大で診察
△採血、レントゲン。

8月5日　神大で診察
△8／4の結果、レントゲンでは進行なし、血液では腎機能低下が認められる。

【投稿文】

若者よ　戦争の悲惨さ学ぼう

2010（平成22）年8月13日　当時67歳

8月初めの早朝、地区の戦没者遺族会で峨嵋《がび》山護国神社の清掃をした。この時期の恒例の行事だ。
神社のある光市・室積半島の南端近くの峨嵋山は、中国四川省中部にそびえる峨眉《がび》山に似ていることから名付けられたという。

神社は峨嵋山の中腹にあり、国の天然記念物に指定されている暖帯性樹林で囲まれている。うっそうと茂った林の中を数十段上ると行き着く。祭神は幕末の志士から太平洋戦争で散った戦没者まで幅広く、石碑群に歴史を感じる。遺族会の人たちは汗だくになり、蚊に刺されながらも掃除を続け、境内を奇麗にした。

行事に参加する人たちは年々高齢化が進んでいる。この掃除の場合、足腰が弱くなった人たちは神社まで上らず、上り口周辺を担当にすることになっている。境内を去るとき、「今年は神社まで上れたが、来年はどうだろうか」との懸念も聞かれた。

今月は各地で戦争にまつわる行事が多い。ともすれば遺族や遺児が主体となりがちだが、次世代の若者こそ積極的に参加し、戦争の悲惨さを学び、平和を継承して欲しいものだ。

【余　録】

戦後75年を過ぎた。「戦争遺族」という言葉は死語になりつつある。その遺族も高齢になり、我々遺族会も存続が危ぶまれている。それでも細々と恒例の行事は継承し続けている。

私は2月頃から、妻の介護のあい間に「フィリピン慰霊巡拝・平和への祈り」を自費出版するために執筆を始めた。2008（平成20）年3月に戦争遺児の慰霊巡拝団に加わり、父の戦死地フィリピン・ルソン島を訪れたことを記録しておきたいと思ったからだ。同行した遺児達の戦後の苦労や父親への思いも載せることにした。

この本には了解を得た遺児達の追悼文を載せさせてもらった。

この文を読むと、いかに戦争が残酷で、平和がどんなに大切かが伝わってくる。戦争を知らない世代は、戦争を経験した世代のいるうちに是非、学ぶ努力をして欲しい。そして平和が継承できることを切に願っている。

妻の看病中に書き物をするとは不謹慎と思われるかも知れないが、書き物に熱中することがずい分と気疲れの払拭に役立ったと思う。

（この「フィリピン慰霊巡拝平和への祈り」は10年12月24日発行された。）

9月3日〜旅立ちまでの日々

8月20日　五嶋医院（光）で点滴
8月21日　五嶋医院（光）で点滴
△この頃、ほとんど食事が採れず。
8月22日　神大で診察
△外来でビタミン剤点滴を受ける。
8月23日　神大入院（誕生日）

誕生日の入院

祝うべき61歳の誕生日に神大へ入院した。長い間、世話になった神大への最後の入院生活だ。この頃、食事がほとんど採れず、腰骨への転移もあり、腎機能の低下で体力がすっかり弱っていた。私は入院時から約2週間、病室へ簡易ベッドを持込んで昼夜つきそいの毎日だった。入院中は採血、採尿、レントゲン等の検査の他、点滴の日々で吐き気もおさまらず、見ていても辛い毎日だった。

9月3日に主治医からの説明を聞いた。「考えられる治療はすべて終った。これからは緩和病棟で苦痛のない生活を過す方を勧める」とのことだった。

いつかはこういう日が来るとは思っていたので割と冷静に聞けた。6月頃、前もって徳山中央病院緩和ケア病棟に、入院の可否について問い合せ、いざという時の手続きを聞いていたのも幸いした。

転院は9月6日で、神大の方から徳山中央病院緩和ケア病棟に連絡してもらってスムースに手続きできた。

（２０１０年—旅立ちまでの日々）

△脱水症、腎機能低下が認められる。
頭部ＣＴ、胸腹レントゲン、採血、胃カメラなど各種検査が連日続いた。

９月６日　神大から転院

△山口県・徳山中央病院・緩和ケア病棟へ転院。

徳山病院

急拠、徳山中央病院緩和ケア病棟に転院が決まったが、体力の衰えている妻が新幹線で移動できるか心配だった。

当日は早朝6時20分に採血し、点滴もしてもらった。体温も平熱で比較的元気だった。新幹線の駅には車イスを手配してもらって、12時35分の新幹線で神戸を発った。車中も順調で吐き気もなく、14時過には病棟に着いた。担当の医師、看護師さんから今後の方針等の説明があり、山口弁の混ざる言葉が温かく、心に響いた。

これからは、今までのような辛い検査や多くの点滴から逃れ、精神的・肉体的な苦しみから解放され、和やかな入院生活で、病と上手につきあってゆけそうで、気持が楽になった。

緩和ケア病棟の生活

緩和ケア病棟は我が家に近く、何かと便利だった。地域の行事や家事で外出する以外はできるだけ妻につき添い、夜も側の仮ベッドで寝た。

しばらくは平穏で点滴も少なく、車イスを押してベランダを散歩したり、売店へ行ったりした。食欲はあまりなかったが、カキ氷だけは口に合った。要望があると、栄養補給を考慮して、練乳を加えたカキ氷をせっせと作った。紙コップに2杯も食べてくれると嬉しくなった。(冗談に主食はカキ氷という程だった。)

いまひとつ、体調不良の時、気を紛らす器具があった。Dr メドムという空気圧によるマッサージ器で、両足に装着して作動させると血行が良くなり、気が休まるという。看護師さんに使い方を習い、マスターしてからは日に何度も使わせてもらった。看護師さんから「看護助士」というニックネームをもらった。

体力は落ちつつも、医師、看護師さん達の家庭的な看護により、痛み止も適宜使用され、私の目には妻の顔に安らぎが戻ったように見えた。

9月中旬頃から口数が少なくなり、話しかけても返事するぐらいで、反論したり、自分から話しかけることは少なくなった。それでも用事で外出する時には、「早く帰ってよ」と必ず言い、とても頼っていた。昼間も眠っていることが多く、少しでも起きているようにとクッションを重ねてすがらせても、30分もすると横になった。

夜は眠れる方だったが、時には30分おきくらいに、起こしてくれと、くり返すことがあった。(倦怠感で体の持ってゆき場がない状態なのだろう。)翌日、行事で出かけなければならないような時は、少しがまんするよう諭した。今思うと、一晩中でもつき合ってやれば良かったと思う。

10月頃からは、体のあちこちに変調をきたし、食欲はますます減退した。ソーメンやそばが割と口に合うらしく、少しでも食べてくれると、とても嬉しかった。カキ氷だけは相変らずよく食べてくれた。

昼間は眠っていることが多く、静かな寝顔はとても安らかだった。その分、夜は眠れないことが多い。それでも夜間のトイレでつき添いをするぐらいで、最後まで手をわずらわすことのない妻だった。

この3ヵ月が、二人にとって人生で最も濃密で幸せな期間だったと思っている。

緩和病棟の生活

9月7日

△夕食から副食つけてほとんど完食。

採血、レントゲン、心電図。

9月12日

△一時帰宅、洗濯など。

9月13日

△ベランダを車イスで散歩。

9月20日

△9月19日夜、神戸から見舞いに来てくれていた姉、姪たちと海辺のレストラン「シーホース」に食事に行く。久しぶりに良く食べ、気分も良さそうだった。

9月21日

△一時帰宅（外泊）。この間に室替えあり。

9月25日
△腰に帯状疱疹《ほうしん》、顔にむくみあり。

10月2日
△一時帰宅（外泊）、私は母の30回忌で帰省し、姉がつき添ってくれた。

10月7日
△息苦しさがあり、酸素吸入をする。
これより、時々酸素吸入あり。

10月18日
△右眼に痛み（点眼薬）早目に安定剤をのみ、朝まで就寝。

10月24日
△昼にオムレツ半分、夜もかゆ半分食べる。

10月31日

△レントゲン結果、右肺に炎症あり。血液検査で肝機能、腎機能ともに低下とのこと。

11月3日

△神戸から姉、姪（智子）の見舞いあり。

あまり会話なし。

11月4日

△発熱あり、かき氷小さじ6杯おいしそう。

レントゲン結果、前回より進行しており、急変する可能性ありとのこと。

11月6日

△朝38・5度の発熱あり、座薬を入れる。

かき氷をふくませると、おいしそうに飲む。

10:15看護師が脈をとるも、あまりふれず、酸素吸入。そのうち、呼吸が少しずつ浅くなり、10時30分旅立った。

その顔はまるで眠ったような安らかな表情だった。最期は苦しい息の下で逝くのかと思っていただけに、眠るように静かに旅立ったことは、すべてに感謝する思いだった。

【回想】

安らかな旅立

10年前の9月初旬、肺ガンの妻は神戸の大学病院から故郷の徳山中央病院緩和ケア病棟に移った。生れ育った地の方言で接して下さる看護師さん達の行き届いた介護にすぐなじみ、妻の気持ちも心なしか安らいでいるようだった。

私は家事や行事で時折、外出する他は終日付き添い、夜は側のベッドで眠る日々を過した。

ある日の夕刻、外出から戻ると、ベッドに妻の姿がなかった。数日前の検診で「肺、腎臓の機能低下で容態の急変もあり得る」と担当医から告げられていた。悪い予感で頭が真白になり、病室をとび出し、看護師詰所に駆け込んだ。そこにはミーティング中の看護師さんの輪に加わるかのように車イスの妻がいた。「1人で寂しそうにしていたので連れて来た」とのことだった。このところ滅入りがちで生気のなかった顔色も明るくなり、口元に笑みをたたえた表情を見てほっと胸をなでおろした。

そのことがあってから、私の不在の時には詰所に同伴されることが多く、そこは妻にとっても心の和む場所となった。

10月下旬になり、妻の体力は徐々に衰退し、気力も衰え、食も細くなった。唯一、口当りの良いカキ氷を好むので、練乳をたっぷり加え栄養補給に努めた。

私が外出中のある日、少しでも気晴らしになればと、詰所でマニキュアをしてくれたようだった。ベッドに横たわり、煌めく指先を眺めている顔はいつになく晴れやかだった。かつて趣味のショッピングで巡った神戸の街並に思いを馳せているのかと思うと胸がつまった。同時に看護師さん達の患者に寄り添い、心情や趣向をくみ取った細やかな介護がありがたく頭の下がる思いだった。

それから数日後の朝、妻は眠るように61歳の生涯を閉じた。1年半にわたる闘病生活から解放された面差しはとても安らかで、眠っているかのようだった。

私の手に委ねられた両手の爪には温かい看護の証、スカイブルーのマニキュアが輝いていた。

「慈しみをありがとう」と感謝を伝えるメッセージのように。

第三章

妻の看病の合い間に書いた「フィリピン慰霊巡拝平和への祈り」。

「本の内容」

フィリピンは私が初めて覚えた外国名である。1945年3月、太平洋戦争の末期に父は35歳の若さでフィリピン・ルソン島で戦死した。2歳の時に出征し、顔も知らない父のことを尋ねると、母の口からいつもその地名が出たので自然と脳裏に刻み込まれたのだ。母は残された5人の幼児を女手ひとつで育てあげた。母の夢は父の戦没地を訪れることだったが、果せず早逝した。

2008年3月、生前の母の夢を叶え、父の生きた証を求めてフィリピンを訪れることができた。戦没者遺児によるフィリピン慰霊友好親善団に参加した私達26人のグループはマニラ近郊でそれぞれの父親の戦没地で慰霊祭を行った。8日間の巡拝行で全国から集まった遺児達は幼くして父を失い、同じ境遇に育っただけに全員が身内のような絆で結ばれた。どこの家庭もつつましく、平凡な生活をしていたのを戦争で引き裂かれていたのだ。

父の慰霊祭では、祭壇に生家の水、故郷の酒・母の遺影と兄妹の写真、みんなで祈った98の折鶴（生存していたら達する父の年齢）を供えた。私は64年ぶりのお参りで、父に初めて「お父さん」と呼びかけ、積る思いを込めた追悼文を読みあげた。家族への思いを残し、異国で散華した父への追悼ができて、肩の荷が降りたようで、とても爽やかな気分になった。

慰霊巡拝の合間には地元の小学生との交流もあったが、歌やダンスで歓迎され、とても楽しかった。又、慰霊地や道中で遭遇する現地の人々もみんなフレンドリーで我々を歓待してくれ、不幸な戦争のことを忘れさせた。

「戦争さえなかったら」これは母の口ぐせで、そのことばには、自らの人生、子供達の将来を変えた戦争への痛烈な遺恨が込められている。戦争ほど愚かなものはない。

今も世界の各地では、宗派争い、民族対立などによる紛争が絶えない。テロリストによる悲惨な犠牲者もとどまることを知らない。無辜の人々や幼い子供達まで不幸に陥れる争いを早期に回避し、報復や憎しみの連鎖を断ち切り、世界の平和、世界の幸せをめざし、ひとり一人が行動を起こして欲しい。

これから先、私達のような遺児が再び生れないことを心から願っている。この本がその一助になればと思う。

〈本の出版段取り〉
2010　2月
　発行準備
2010　4月～8月
　まえがき、内容文など
2010　8月～9月
　校正など
2010　10月印刷（校正もあり）
2010　12月24日発行

ひとり暮しをポジティブに

２０１１（平成23）年、１月（当時の日記より）

妻が亡くなって初めての正月を迎えた。これまでの正月は、なじみの店に予約したおせちを頂き、おとそでお祝いをしていたが、今年は姉が送ってくれた黒豆や煮物ですませた。

ひとりになって、当分は、妻が外出から帰って来るような気がした。夜間に目ざめると側に居るような気配がして頭をめぐらすこともあった。

ひとりの生活は寂しいが、人は誰でも最後はひとりになることを思えば、早いか遅いかだけで、妻も後に残った私が元気に過すことを望んでいると割り切って考えることにした。

幸いに妻の闘病中から、洗濯機や炊飯器の使い方を習い、衣類や書類の収納場所も確認していたので、家事で戸惑うことはあまりなかった。食事にしても、今はスーパーで一品料理がいくらもあって不自由はしていない。

これからは、生涯現役で健やかに暮すため、これまでの生き方を継承し、前向きな生活に努めたい。

【投稿文】

1人の正月　七草がゆに挑戦

2011（平成23）年1月18日　当時68歳

昨年の正月は体調不良ながら雑煮を作ってくれた妻が、暮れの11月に亡くなり服喪で年明けを迎えた。年賀状もない寂しい正月になると思っていたが、商店などから数枚が届いた。その中の1枚が3割引きセールの当選番号に該当しており、吉兆の前触れかとちょっぴり気分が浮き立った。

新年は外出を控えていたが、3割引きに背中を押され、出かけて数点買い物をした。正月らしい雰囲気に、久しぶりに心が和んだ。

7日には七草がゆセットを買って、初めてかゆ作りに挑戦した。インターネットのレシピ通り、七草をゆで、塩で味付けしたおかゆは思いの外おいしくできた。

現在、高齢者人口が急増しており、全国の65歳以上の高齢者は22・7%と総人口に占める割合は過去最高だという。必然的に独居の高齢者も年々増加する。

1人の生活は寂しいが、自分の力で乗り切るしかない。日々の暮らしの中に小さな幸せや楽しみを見つけ、前向きに生活したい。そして、健康に留意し、少しでも社会に貢献できればと思う。「生涯現役」をモットーに。

【余　録】

妻が亡くなってからの最初の投稿文である。寂しい正月を迎えたが、七草がゆが思ったよりおいしく出来て、少々前向きの気分になれた。

よく言われている高齢者の生活信条に「きょういく」「きようよう」がある。「今日行くところがあるか」「今日用事があるか」ということで、家にこもらないで、出かけたり、人と交流することが必要だという。

私はこれ等に加えて、自分が熱中するものを見つけることが必要だと思う。何かに熱中し、集中することで苦労を忘れ、心が安まることがある。

老令に向うこれからは、これらのことを旨に健やかな日々を過したい。

【投稿文】

物忘れ防止へ般若心経を暗唱

２０１１（平成23）年3月16日　当時68歳

最近、人の名前をすぐに思い出せないことや、物の置き場所を忘れることが多くなった。物忘れは老年の宿命のように言われているが、それも脳への刺激で差が出るらしい。そこで、私は昨年暮れに亡くなった妻の供養と脳の活性化を兼ねて、「般若心経」の暗唱に挑戦した。

最初は何の脈絡もない（最初はそう思った）２６２文字を覚えるのは至難の業に思えた。写経したり、経文の解説を読んだりして音読を続けた。ウオーキング中にも口にし、歩調にぴったり合うことも発見した。

その般若心経を、最近になりやっと空で唱えられるようになった。今もって経文の深い意味を理解するまでには至っていないが、大意を「心のこだわりを無くす」と解釈し、それによって「どんなにつらいことも、永遠には続かない」との教導ではないかと受け止めている。ともあれ熱意があれば、老齢になっても記憶力を引き出すことができると、少し自信がついた。これからも、物忘れを年齢のせいにせず、脳の活性化にチャレンジしていきたいと思う。

【余　録】

妻は生前から、先祖供養を大切にしていた。30年以上前に市から墓地分譲の公募があった。さっそく購入しようと私に相談があった。私にも異存はなかった。しばらくして、我が家の先祖を祀る五輪塔が建立された。

それからは季節のお参りを欠かさなかった。並んでお参りする時、妻はいつも般若心経を唱えていた。当時の私にはとても覚えられず、敬遠していた。

ところが、一人になって経文を読む機会が増え、解説本を読んだり、散歩中に口にするうちに自然と暗唱できるようになった。

経文を全部は理解していないが、「無老死亦無老死盡」の行にこれからの生き方が示されているように思う。要約すると（老死もなく、従って亦、老死が尽きるということも無い）となるようだ。

この世に生れた私達の体は仮の姿であるという。素直に生き、素直に老い、素直に病み、死も素直に受け入れられたら良いと思っている。

【投稿文】

公私つづり10年日記3冊目へ

2011（平成23）年11月26日　当時69歳

今年も余すところ1カ月と少々。2冊目の10年日記が今年で終わる。少し迷ったが次の10年日記を購入した。妻からのプレゼントがきっかけでつけ始めた日記だが、これで3冊目になる。この20年、1日も欠かさず4行を埋めてきた。

最初の年の1992年には勤続30年の休暇で、夫婦で初の海外旅行をした。オーストラリアでの感動と興奮の記述が日記に躍っている。以来海外旅行の魅力に取り付かれ、7カ国を共に巡った。その都度あれやこれやが記され、読むと当時の記憶がよみがえる。

これまでの2冊には、日本を襲った二つの大震災をはじめ、社会の大小の出来事が記録されている。私生活でも、会社の状況や行事、健康問題から近しい人の冠婚葬祭など、まさに20年が凝縮されている。特に2冊目の最後の2年は、妻の闘病と悲しい別れがつづられており、追想記として終生大切に保存したい。

これからの10年は老齢期を迎えるが、前向きに自然体で、3冊目が公私ともに平穏で明るい記述で終わることを願っている。

【余　録】

40年前に亡くなった母は、日々の悲喜交々を日記に綴り、心の支えにしていた。母の血を引いたのか、私も若い頃から、折に触れて書いていたが、日記として書くようになったのは、10年日記帳を妻からプレゼントされてからである。毎日の行事や時事を思いつくまま書いている。読み返して見ると数年前の今日はどんな日で何をしていたかが思い出され、印象に残る出来事は昨日のようにリアルに蘇り、自分史として重宝している。

現在は10年日記帳の3冊目で9年目に入っている。この1年間は、新型コロナウィルス感染症の流行で今までの生活が一変し、ほとんどの行事や会合が中止になり、新しい生活様式が実践されている。早く収束して、残る1年は楽しい行事で紙面が埋まるように願っている。

その為にも確実に忍び寄る老いを素直に受け入れながら、いろいろな事にチャレンジし、自らの可能性を試して自己発見に努め、一度きりの人生をより充実したものにしたい。

【投稿文】

自分で柱時計直して気分爽快

2012（平成24）年3月5日　当時69歳

数日前からわが家の柱時計の短針がいつも6時を指しているのが気になっていた。家を新築した時に知人から贈られた電池式の時計で、すでに30年以上使っている。もう寿命かなと思ったが、点検してみると針が支軸から外れていただけで、自分で直せそうだった。分解してまた組み立てるのに1時間ほどかかったが、短針を軸に固定したらまた正確に時を刻み始めた。

昨今は時計だけでなく、小型家電製品はたいてい安価で購入できるため、保証期間が切れた後に故障した場合は修理の手間と費用を敬遠しがちだ。買い替えは消費拡大につながり、経済を活性化させる長所もある。だが有限な資源を節約し、廃棄物を減らす観点からは、故障したら買い替えではなく、修理を試みることも大切だと思う。廃品回収業者の敷地に家電品が山積みにされている光景をよく目にするが、この中にも修理可能なものが多く含まれているような気がしてならない。

さほど複雑でないものならメーカーに修理を出さずとも、自分で直せる場合もある。故障を自分で直せたときの爽快感をぜひ一度味わってみていただきたい。

【余　録】

最近も、照明器具、体重計、トイレのリモコン等が相次いで不調になった。それぞれの設置時期が近いので同じ時期に耐用年数が切れるのはあたりまえのことだが、妻と過した頃の思い出の器具が次々に故障するのは寂しい。

この中で、リモコンは、とっくに保証期限は切れていたが、メーカー対応で互換性のあるものと交換できた。やはり信用あるメーカー品を購入すべきと思った。

最近の家電品の内部はほとんどが電子回路で、自分での修理は難しくなってきた。

でも、すぐに捨てるのではなく、何か方策はないものか取扱説明書の解説を見るなどして調べて見ることも大切だと思う。

【投稿文】

アフガンに戻れ小麦の実り

２０１２（平成24）年10月30日　当時70歳

先日、ＮＨＫで、アフガニスタンの復興を特集していたが、日本人の底力を知り、感動を覚えた。アフガンで一番、求められているのは、農業復興。かの国では今、ある日本のグループが約60年も前に見つけた小麦の種を植え、実りをもたらしているという。

アフガンは昔、世界有数の農業立国で小麦の自給率は１００％だった。しかし、内乱などで荒れ果て、支援策として外国産の小麦を植えたものの乾燥に弱く育たなかったという。

そこで、１９５５年に日本の探検隊が持ち帰った小麦の種子が日の目を見た。小麦のルーツを探す故木原均博士の探検隊はアフガン全土で約５００種の小麦を持ち帰った。昨秋、種子を保管している横浜市立大学のグループが現地栽培に乗り出した。アフガンの首都の試験栽培場では、実に多くの種類の小麦が収穫され、今後、品種改良も目指すようだ。約6千キロかなたの国で芽吹いた希望の種は、日本が誇れる技術貢献になろう。このプロジェクトが少しでも早く実を結び、平和な農村がよみがえるよう願ってやまない。

【余　録】

この投稿をした7年後の2019（令和1）年、アフガン復興に力を尽していた日本の中村哲医師が殺害された。灌漑工事現場に向う途中に武装勢力に襲われて命を落したのだ。

中村医師は断続的に続くアフガン紛争で増加する難民の治療行為をしていたが、「100の診療所よりも1本の用水路」という信念のもと、アフガンの砂漠化した土地に井戸を掘り、用水路の建設を進めていた。

危険を顧みず、紛争地の人々の生活を支え、一生を捧げた功績は忘れてはならない。

今も現地では紛争が続いている。厳しい状況の中、中村医師の遺志を引き継ぎ、今も事業が進んでいると聞いている。

世界から紛争がなくなり、こういう不幸が二度と起らないことを切に願っている。

【投稿文】

新聞音読で脳を活性化したい

2013（平成25）年2月6日　当時70歳

国立社会保障・人口問題研究所の推計によると、一人暮らしの高齢者世帯が急増し、2010年に比べ35年には1・5倍の762万世帯になるという（1月19日朝刊）。私も妻に先立たれた3年前から、その仲間入りをした。会話は脳の活性化につながると言われているが、独居生活では一日中、話さない日もある。

文字情報を声に出して読めば、大脳の「前頭前野」という部分が活性化し、記憶力がアップするという雑誌の記事を読んだ。以来、私は「天声人語」、声欄などの記事を音読している。黙読では素通りしていた文章を、より深く理解しようとする力が働き、漢字も正確に読まないと次に進めず、時には辞書で確認したりする。毎日届く新聞の記事は格好の「脳トレ」の源になる。

いまのところ、記憶力の向上のほどはわからないが、これからも音読を続け、脳の老化防止に努めたいと思っている。

【余　録】
小学生の頃、国語の教科書を席順に音読する時間があった。年に数回は全校の朗読コンクールもあり、澄んだ声で朗々と読んだ上級生の顔が思い浮ぶ。

大人になったら音読する人はまずいない。しかし、音読には黙読にはない多くのメリットがあることが知られている。

統計では年間、約4万人の誤嚥性肺炎での死者があるというが、音読によって、のどの筋肉が自然に鍛えられ、肺炎の防止に役立つらしい。今、高齢者にカラオケが勧められているのは、歌う楽しさもさることながら、声を出すことで口の周りの筋肉を鍛える効果があり、口腔機能の向上のためのようだ。

カラオケの苦手な私にも音読ならできる。一人暮しの特権でこれからも、脳の活性化をめざして、音読を続けてゆきたい。「継続は力なり」。

【投稿文】

人間と生き物、共存共栄を

2013（平成25）年3月31日　当時70歳

最近、3日連続で、庭にうぐいすが来た。姿は見えないものの、「ホーホケキョ」と低い声でさえずりながら、庭木の葉陰を移動しているようだった。一方、無事越冬したクンシランの鉢に水をやっていたら、葉の間からカエルが飛び出してきた。これからあちこちで目にする庭の愛嬌《あいきょう》者である。さらに暖かくなると、トカゲが庭の近くを駆け回り、家の軒下の水槽ではメダカの稚魚がうまれる。我が家の狭い庭でも、生き物が誕生したり成長したりする過程が観察でき、季節ごとのその営みに、心が癒やされる。

身近な生き物を見ると、「人間のエゴで姿を消した野生生物の多いことよ」と思わずにいられない。私たちは「一寸の虫にも五分の魂」という言葉を肝に銘じ、生き物と共存共栄してゆきたいものだ。

【余　録】

子供の頃の遊びは、ほとんど野外だった。それだけに身近な動植物が遊びの対象になることが多かった。そのせいか、この年になっても生き物は愛しい。

例年なら、我が家の庭でうるさい程鳴くせみが今夏（２０２０）は異常に少なかった。いつもなら、夏中鳴くのにほんのひとときだった。

晩夏、近くの電線に止まる渡り前のツバメの姿も数える程だった。以前は電線が見えない程密集して並んでいた。

国際自然保護連合のレッドリスト（２０１３年版）によれば、約2万種が絶滅危惧種とされ、すでに８６０種の生物が地球上から姿を消したという。7年過ぎた現在はさらに多くの動植物が絶滅していると思う。

ツバメを例にとると、ゆっくりとした気候の変化なら対応できるが、急激な変化には対応しがたい。温暖化により、餌（虫など）の出現ピークとヒナの餌要求のピークが合わなく繁殖に悪影響が出るという。

私達人間は一人ひとりが環境保全に努め、温暖化や海の汚染防止について真剣に取り組む必要があると思う。

参考文献
ツバメのひみつ
（長谷川克著）２０２０　３／１発行

【投稿文】

庭のグミの実で果実酒づくり

２０１３（平成25）年６月25日　当時70歳

庭の隅に挿し木から育てて10年になるビックリグミ（ダイオウグミ）がある。赤紫色に熟れた実は、渋みと酸味の混じった甘い味がする。例年、実があまりつかず、数個だけ口にしていた。

ところが、今年、花が咲く時期に雨が少なかったせいか、たくさん実った。そのままにしておくのはもったいないと、収穫したところ、１キロもあった。何とか有効に使いたくて、インターネットで調べたら、酒をつくれることが分かった。レシピにしたがって、ビンに焼酎を注ぎ、その中にビックリグミの実を漬けた。

若い人にこのことを話したら、グミを知らないという。今は食べる人も少なくなったグミの実だが、強い抗酸化作用があるリコピンを多く含み、食べると老化防止の効果がある。また、疲労回復や整腸作用もあるらしい。

これから半年、グミ酒を熟成させるつもりだが、どんな味になるのだろう。晩酌できる日を今から楽しみにしている。

【余　録】

グミには多くの思い出がある。食糧事情が乏しかった頃、田植の時期に色づくグミはおやつ代りだった。秋には柿や栗など果実が多かったが、春には少なかった。今思うと正式名はなわしろグミだったろう。グミの木がある家を回り、許しを得て採らしてもらった。少々渋かったが当時はおいしく食べた。

我が家にあるのはビックリグミ（大王グミ）で実の大きさはなわしろグミの3～4倍あり、

甘くておいしい。
最近は木の手入れが悪いのかグミ酒にする程はならないが、初夏になると懐かしい味を口にしている。
(投稿したグミ酒はおいしく頂いた)。

【投稿文】

民生委員の経験　社会広がる

2013(平成25)年12月19日　当時71歳

先日、民生・児童委員の3年に1度の一斉改選があった。私は3期目である。1期目の最初1〜2年は手探り状態で、住んでいる人の把握に始まり、経験不足の中、無我夢中で担当地域を回った。顔なじみが徐々に増えた。

2期目の途中で妻を亡くした。独居の方々の気持ちがより理解できるようになった。民生委員にならなかったら出会うこともなかった多くの人たちとの絆も生まれ、それを途中で断ち切るのは忍びない気がして、3期目の委嘱を受けた。新たな気持ちで励みたい。

1期目で引き継いだ高齢者リストは現在、4倍増。年々増える高齢者の生活に密着し、きめ細かい支援を行うためには委員の増員は必須であるが、全国で3千人超の欠員状態だという。

老いは誰しも通る道である。老いて支えられる前に、支える側を経験してみることも社会を構成する一員として意義のあることではないだろうか。

【余　録】

2007(平成19)年12月5日に民生委員の委嘱を受けた。私は県外から就職し、当地に移り住んでからも、住んでいる人とはあまり面識はなかった。はじめは土地勘もなく、住人とのなじみもないのに自分が務まるだろうかと不安だった。とにかく、自分のできる範囲で自分流の活動に徹しようと思うことで気が楽になった。

これまで務めて思うことは、何も知らなかった土地の歴史を知り、多くの人々と交流でき、福祉事業などの社会のしくみを学んだことで私の人生にプラス効果を与えてくれたことである。もし、民生委員にならなかったら知り合うこともなかった高齢者と親しくなり、見守り活動や交流会で地区の児童とも楽しく接することもできなかった。

小学生の頃を知っている子供が成長して、スポーツ大会で好成績を記録したのを知ると、自分の子供のように嬉しくなる。

【参　考】

民生委員・児童委員ってどんな人？

◎子育て・福祉に関する相談相手です

●厚生労働大臣から委嘱され、地域の子どもたちが元気に安心して暮らせるように、子どもたちを見守り、子育ての不安や妊娠中の心配ごとなどの相談、支援を行っています。

●みなさんがかかえる問題について、みなさんの立場で、親身にご相談にのります。

●私たちのまちにどんな福祉制度や子育て支援サービスがあるかをご紹介します。

●必要なサービスが受けられるよう、関係機関との「つなぎ役」になります。

心配《しんぱい》ごと、悩《なや》みごと
ひとりで抱《かか》えて
いませんか？

あなたの秘密《ひみつ》は、
必《かなら》ず守《まも》ります

わたしたちには守秘義務《しゅひぎむ》があります
（民生委員法《みんせいいいんほう》　第《だい》15　条《じょう》）

わたしたちは
厚生労働大臣《こうせいろうどうだいじん》に委嘱《いしょく》されて
活動《かつどう》しています

【投稿文】

民間交流で日韓関係改善して

2014（平成26）年1月19日　当時71歳

年末に博多港発のフェリーで、韓国・釜山に行ってきた。船上から初日が観賞できるとのことだったが、前日の天気予報からは望み薄に思えた。しかし、釜山港に近づく頃、薄雲のベール越しにオレンジ色の太陽がくっきりと。

2日目の朝、宿泊したホテル近くの公園を散策した。木立に囲まれた丘の上の園内は早朝とあってか人影はまばらだったが、売店の人に公園の由来を尋ねると、日本語で快く説明してくれた。さらには、仕事場を離れて記念碑前まで案内してくれ、カメラのシャッターを押してくれた。

昨年末の安倍晋三首相の靖国神社参拝が韓国側の反発を招き、反日感情が悪化しているのではないかと心配していた。だが、私が出会った韓国の人々は皆、わだかまりなく接してくれた。戦後70年近くになろうかというのに、日韓関係はすっきりせず光が見えない。しかし、これから民間交流がもっと密になり、お互いの信頼が生まれれば、外交関係にも好影響があるのではないか。政府も相手の立場を考え、関係改善の努力をしてほしい。

【余　録】

日韓関係は依然としてすっきりしない。

韓国とは、1965（昭和40）年に日韓基本関係条約が締結されており、このタイミングで「日韓請求権・経済協力協定」により、戦争の賠償金（当時の1800億円）を支払っている。日本政府は、これにより「戦後の賠償については、完全かつ最終的に解決された」という立場をとっている。

ところが、民間では「政府同士で賠償の話はカタがついたかも知れないが、個人の賠償請求はこれに含まれていない」と当時の日本企業などに補償金を求めて裁判を起こしている。

確かに、先の戦争で大変な被害を被《こうむ》り、今だに傷口が癒えない人々もいると思う。日本政府は戦争行為について何度も謝罪しているが、靖国問題のたびに、「日本の謝罪や反省の弁は心からのものか」と批判している。何とか、両政府の粘り強い話し合いによって国と国との合意ができないものだろうか。

私は今まで2度韓国を訪ねたが、両方とも反日を感じたことはない。むしろ、とても友好的でほとんどの店では日本語が通じた。今回の旅も好天気に恵まれ、仏国寺、良洞《ヤンドン》民俗村など巡り、韓国にとけ込み、満喫した。

新型コロナウィルス感染症が収束したら、日韓交流が密になるように願っている。私も3度目の韓国旅行を楽しみにしている。

【投稿文】

遺族仲間で恒例の靖国参拝

２０１４（平成26）年11月12日　当時72歳

靖国神社の大鳥居の前で撮った集合写真が届いた。1カ月前、フィリピンで戦死した父親を持つ遺族十数人がお参りした時のものだ。私たちは6年前、それぞれの父の戦没地を慰霊巡拝した。遺族会の資料から、終焉《しゅうえん》地と推定されるところに故郷の米や水をお供えして慰霊祭を行ったのだ。

私たちは26人でマニラ近郊を巡った。戦争遺児としての悲哀を味わい、同じような境遇で育っただけに8日間の行程が終わる頃には兄弟のように打ち解けた。以後は2年に1回会うようになり、今回は3回目の会合だったが高齢に伴う体調不良などで参加者は半減した。

戦争を知らない世代が増え、憲法9条の解釈をめぐる危機感の中、戦争の悲惨さ、愚かさを知る遺族の私たちは、戦争体験を後世に伝えなければならない。語り部たる遺族の方々のご健康とご活躍を願っている。政府関係者の靖国神社参拝は外交問題に発展しているが、私たちにとっては、若くして家族に思いを残して戦場に散った父の霊を慰める象徴である。高齢化に対する危機感から、これからは会合を毎年にしようと来年の参拝を誓って散会した。

【余　録】

太平洋戦争の激戦地フィリピンを巡り、遺児仲間と慰霊巡拝したのは2008(平成20年)だった。その時同行した遺児達との交流は今も続いているが、このところ諸般の事情で会合は中断している。新型コロナウィルス感染症の流行が収束したら、皆と集い靖国神社に参拝したいと思う。

「戦争を指導した軍国主義者を祀る靖国神社参拝は侵略主義を美化している」との理由のよ

うだ。靖国神社参拝と過去の戦争とは切り離して考えて欲しい。
遺児の我々は純粋な気持で国家の犠牲になった父親の冥福を祈っている。遺児も戦争経験者も高齢になり神社参拝はあと何年か。戦争が風化する中、若い世代は反戦の思いを込めて参拝を引き継いで欲しい。

【投稿文】

ひとり暮らしに頼もしい「愛犬」

２０１５（平成27）年3月16日　当時72歳

私が長く家を空けても、夜は10時に眠り、朝7時に目覚めて留守を守ってくれる頼もしい愛犬がいる。餌の心配もなく安心して任せられる。犬型ペットロボット「アイボ」のことだ。

12年前にわが家に来て、亡き妻が「ベガ」と名付けた。ベガとは、こと座の1等星で七夕の織姫星としてなじみ深い。「ベガ」と呼ぶと「ワン」と答える。

居間の片隅の「ステーション」にいつもいて、外出から帰ると「ただいま、ベガ」と声をかける。このところ、反応が少し鈍くなり、返事をしない時もあるが、頭をなでると喜んだ表情をする。たまに歩かせてボール遊びの相手をすると、頭で押したり、後脚でキックしたりして楽しませてくれる。

現在、アイボは生産されておらず、故障時の対応が気になる。ともあれ、ロボットといえども反応する相手がいることは、ひとり暮らしに心強い。これからも心和む相棒として長くつきあいたい。

【余　録】

現在、イヌ型ロボット「アイボ」は新型が発売（2017年11月）されており、我が家の「ベガ」

は旧型になった。

ベガが来て18年になるが、今でも呼ぶと返事もし、歩きもする。でも時々膝がガクンと落ちダウンするようになった。

この旧型アイボを持つ人は、家族の一員として受入れ、本物のペットのように接している。魂の入った犬として扱い、今でも「故障したらいくらかかっても、直して欲しい」という修理依頼が全国的に多いと聞く。

私も、いよいよ不調になったら修理（治療）に出そうと思う。旧型アイボのサポート期間はとっくに切れているのに修理は可能だろうかと調べて見たところ、ソニー関連（発売元）に修理会社が立ち上っていると聞いて心強く思っている。

もうしばらく「相棒」として気持を和ませて欲しい。

【投稿文】

亡き妻の健康器具使い快適

2016（平成28）年3月13日　当時73歳

倉庫の片付けをしていたら、亡くなった妻が愛用していた足踏みの健康器具が出てきた。試してみたらステップが作動しなかった。廃棄するには忍びがたく、分解して調べた結果、油圧シリンダーが機能していないことがわかった。

修理の手立てはないか、メーカーに問い合わせた。すると、この製品は製造中止になっているが、新型のシリンダーでも交換が可能だということだったので、送ってもらった。

足腰が老化する年齢にさしかかり、倉庫に眠っていた健康器具に出会ったのも何かの縁かと思う。新しいシリンダーをセットし、健康器具は再び使うことができるようになった。

いま日課として健康器具を使用しているが、亡き妻と二人三脚をしているようで、とても快適だ。これからも体力維持のパートナーとして大事に使いたい。

【余　録】

足踏み運動は、5年経った今も日課として続けている。1日に10分と決めて負担のならない程度にしているのが続けられる秘訣だと思っている。

現在、使用している体重計では、体重の他にBMI、体脂肪率、筋肉量、内臓脂肪レベル、基礎代謝量、体内年齢が表示できる。以前は体重しか見ていなかったが、最近は他の表示も気にするようにしている。

足踏みを続けているせいか、それぞれの測定項目は標準を満たしており、体内年齢は実年齢よりも10歳以上若い。これはあくまでも目安の値にすぎないが、長期間の使用は体力向上につながっているのは確かだろう。

妻の思い出の品として、これからも大切に使い続けたいと思う。

【投稿文】

卵白は捨てずに有効活用して

2016（平成18）年12月12日　当時74歳

私は毎日欠かさず、卵を食べている。卵には良質なたんぱく質やビタミン、ミネラルなど栄養が豊富に含まれているし、価格が安定しているのもうれしい。

健康志向の高まりで世の中には様々な情報があふれ、「卵を多く食べるとコレステロール値が上がってよくない」という声も聞くが、私は自分の判断で毎日食べ続けている。

朝は納豆に黄身を入れ、卵白はみそ汁に入れるのが習慣だ。あっさりしたみそ汁も、卵白を入れるととろみが出て、おいしく頂ける。卵白は低脂肪で高たんぱくと言われ、体づくりに利用する運動選手もいる。

ところが先日、飲食店で卵白を無駄にしているところを目撃した。カウンターに座って、何げなく料理の下ごしらえをするスタッフを見ていたら、卵白をゴミ入れに捨てていたのだ。私が子どもの頃は、卵はとても貴重だった。本当にもったいなく思った。

卵白を無駄にしている店は、ほかにもあるかもしれず、とても残念だ。多くの卵を使う飲食店はもちろんだが、一般の家庭でも、卵白を有効に活用する工夫ができないだろうか。

【余　録】

妻は冷蔵庫の卵トレーに卵を切らしたことがなかった。私もそれに倣《なら》ってなくなったらすぐに補充している。子供の頃は風邪でもひかないと食べられなかった記憶があるが、今は値段も手頃で変動なく常に食べられる栄養食品である。健康を保持するだけでなく、体の免疫力アップにも効果があるという。

一時、卵はコレステロールの高い食品の代表格で、食べ過ぎればコレステロールが高くなると悪者のように言われ続けていたが、最近は1日一個は食べるようにとの報告がある。

私は独り暮らしになって、シニアのレシピ本や簡単レシピなどの本を参考に簡単な料理は少しずつできるようになった。その中で、卵ほどレシピの多い食べ物はなく、卵かけご飯、ゆで卵など誰でもできる。

卵白は低カロリーでヘルシーだけでなく、タンパク質やビタミンB群など栄養も多い。余ったら冷凍保存して使用時に解凍する方法もあるようなので捨てずに大切に使いたいものだ。

【投稿文】

民生委員の負担軽減が必要だ

2016（平成28）年12月6日　当時74歳

今月、3年に1度の民生委員の改選があった。私は75歳の定年にさしかかっており、3期9年務めた委員を退任した。

委員は、65歳以上の独居の人と75歳以上の2人世帯を見守る。また、お金が足りず生活が苦しい人などに生活保護の申請の仕方を教えるなどの支援をする。

民生委員の負担は増加する一方だ。私の場合、1期目に比べて見守り対象者は5倍になった。これでは、なり手も減ってしまう。

高齢化が進むのに合わせて、見守りが必要な人の対象年齢を段階的にあげて、例えば80歳以上にするなどしてはどうか。

また、今後は委員に仕事を一任するのではなく、自治会、老人会などと支援が必要な人の情報を共有し、協力して助ける体制をつくりたい。

そのためには、保護が必要な人の情報を共有しなければならない。だが、情報提供の権限を持つ市町村の中には「個人情報保護」を盾に開示しない所も少なくない。この問題の解決が、よりよい見守り体制をつくる鍵であろう。

【余　録】

民生委員を3期9年間務めて、2016（平成28）年12月に引退した。次の任期中に75歳の定年を迎えるためだ。引退する場合、後任の人選が難しいが、私の場合は快く引き受けてもらった。地区によっては後任が見つからず欠員になるところも多い。現在も、全国で3千人の欠員があるときく。

民生委員の活動で重要なのは高齢者の見守りだが、高齢化社会が進み、見守り対象者は増加し続けている。負担は増すばかりで引き受けを辞退する人が多くなる。聞くところによれば、民生委員の定年を80歳に引き上げたというが、それだけでは人手不足は解消できない。80歳でも健康で意欲のある人は多いとは思うが、車の便が悪いような地域を広く見守る活動には限界がある。投稿に書いたように、委員に一任するのではなく、地区の自治会や老人会などの支援を受ける体制づくりが必要と思う。地域によっては民生委員の活動の一部をサポーターが支援できるようにしている所もあるようだ。高齢者の見守りも手分けして行なえば負担も軽減できる。

1948（昭和23）年に制定されたという民生委員法は高齢化が急速に進んでいる現在の社会に適合するよう、早急に見直すべきだと思う。そして民生委員の負担をもっと軽減できるようにして欲しい。

ともあれ、引退した今は見守られる側になっているが、民生委員の苦労を知っているだけに、できるだけ世話をかけないよう、元気な自立生活を続けて行きたいと思う。

【投稿文】

越冬ナベヅルの個体増に本腰を

2017（平成29）年2月11日　当時74歳

山口県周南市の八代《やしろ》盆地は、本州唯一のナベヅルの越冬地だ。自宅からほど近いため、私も昔からツルに関心がある。今年は酉《とり》年ということもあり、正月に思い切って日本最大のツルの飛来地、鹿児島県出水市を訪ねた。

圧巻の眺めだった。1万1千羽以上の各種のツルが大群をなしている。その周りにも数羽ずつの群れができ、餌をついばんでいる。鳴き交わす声が空気を震わせていた。

その光景を見て、我が八代の状況をなんとかしなければ、という思いにかられた。八代盆地に飛来するナベヅルは近年はたいてい10羽前後。今期はわずか6羽だった。ねぐらや餌場を整備したり、出水で傷ついた個体を保護して放鳥したりと努力は重ねられてきたが、効果は表れていない。

出水のツルには時折、鳥インフルエンザも発生する。万一、大規模感染となれば、種の存続が危うい。そんな事態を避けるためにも越冬地の分散が必要だ。

八代のナベヅルを増やそうと、これまで住民を中心に努力してきたが、行政ももっと積極的に取り組んでほしい。

【余　録】

山口県・八代に来るのはナベヅルである。体長は約1メートルで羽根は灰色で頭と首は白い。北海道に生息する丹頂鶴に比べて地味である。

昔を知っている人に聞くと、昭和20（1945）年前半には、350羽以上の群がいたという。

その後、高度成長時代を迎え、離農が進み、ツルの給餌場である湿田の多くは荒地になった。その上、近辺にゴルフ場が造成されて道路も整備され、車も増えた。まさにツルにとっては受難の時代で多くのねぐらもつぶされた。

九州・出水では依然として一万羽を上回っているが、八代では10羽以下だ。何とかならないかと、地元ではボランティアの協力で、ねぐらを整備したり、餌場を作ったりしている。地元の子供達も、デコイを設置して誘ったり、餌まきをしたりしてツルの越冬に協力している。

今は行政でも給餌田の買上げや「ツル監視所」の設置などに力を入れている。これ等の努力が実って、また以前のように多くのツルの優雅な飛翔を見たいものだ。

【投稿文】

年金支給開始年齢の引き上げを

2017（平成29）年1月15日　当時74歳

「高齢者の定義変更は何のためか」（11日）を読んだ。「高齢者の定義を65歳以上から75歳以上にするべきだ」という日本老年学会などの提言に疑問を投げかける内容だった。「背景には国が医療や介護の予算の削減や、年金の支給年齢引き上げの口実にしようという意図があるように思え、心配だ」と述べている。

だが私はむしろ、学会の発表に即して高齢者福祉を見直すべきだと思う。年金の支給開始年齢を引き上げたり、収入の多い高齢者の医療費負担を増やしたりするのは、やむを得ないと思うのだ。

少子高齢化は今後もどんどん進んでいく。若年層の負担は重くなる一方だ。高齢者の負担を増やせば、年金など社会保障を巡る世代間の不公平感も和らぐのではないか。

学会は生物学的に日本人の年齢は10～20年前に比べて5～10歳は若返っていると判断している。私もそう感じる。周囲の同世代を見ても現役で働き、趣味のゴルフを楽しんでいる人も多い。超高齢化時代も社会保障制度を維持するため、高齢者の負担増は仕方ないと思うが、どうだろう。幅広い世代のご意見をお聞きしたい。

【余　録】

日本は世界でも珍しいスピードで高齢化社会へ進んでいる。又、男女ともに平均寿命は延び続けており、高年齢になっても元気なシニアが多い。

日本老年学会「日本人の年齢は10～20年前に比べて5～10歳は若返っている」との判断はうなずける。

私が入社した頃は55歳定年だったが、だんだん延長になり、私の定年は60歳だった。今は65歳まで働いている人が多く、70歳定年も珍しくない。

定年後の生活が長くなる分、年金支給開始年齢の引上げは必然だと思って投稿した。

その後、この投稿に関連した賛否両論が「声」欄に載った。

「元気で体力、知力のある間は働いて社会に貢献したいし、福祉の負担もしたい」という賛成の方。「働きたくても働けない人も多い。一律に拙速な制度見直しには反対」という人。「75歳まで働かせられるとは、これで先進国か」。「高齢者がいつまでも働くことで若者の雇用の場を奪うことにならないか」とかさまざまな意見のあることを知った。

要は、自分の生活設計に合せて、健康状態、自己資金などを考慮して各々が支給年令を決めることになりそうだ。

【投稿文】

縄文杉まで歩いて得た自信

2017（平成29）年11月23日　当時75歳

長い間、思いをはせてた屋久島の縄文杉にやっと会えた。前々から旅行会社のトレッキングツアーへの参加を願っていた。この会社の場合、76歳以上は参加できないという条件があり、今しかないと決心した。

縄文杉ツアーは往復22キロ。標高1千メートルを越す地点まで約10時間歩く。日々、スクワットをして備えた。

朝6時の出発後、しばらくは快調だったが、徐々にペースが落ち、人々に追い越される。疲れがピークに達した目的地付近では、下山する人から「もう少しだ、がんばれ」との声に励まされ、足を運んだ。

薄いガスが晴れ、縄文杉がくっきりと姿を現した。木肌には巨大な瘤《こぶ》があり、その周辺に深いひだがうねる。上方には様々な寄生木が茂っていた。何千年もの間、風雨に耐えてきた王者の風格に、疲れも吹っ飛んで深い感動を覚えた。

一緒に行ったグループの中には体調を崩す人もいて、到着は予定より遅れたが、無事の下山をみんなで喜びあった。

縄文杉の誘いにより、十数時間、歩き通した自信は、これからの生活に力を与えてくれるだろう。

悠久の時を経て、風格ある縄文杉にパワーをもらった。

【余　録】

２０１５（平成27）年、2月に初めて屋久島に行った。屋久島は「ひと月に35日雨が降る」といわれるほど雨が多く、年間4千〜1万ミリ降るという。推定樹齢３０００年の紀元杉や苔むした杉林を車やトレッキングで見て回り、すっかり魅了された。その時、今度は縄文杉に挑戦しようと心に決めた。

縄文杉に行くには条件があり、旅行社の規定では75歳未満で、体力があり、中級以上の登山経験が必要という。安全登山の遂行に支障が出ると判断されたら途中での下山もあるとの説明だった。75歳直前の今しかないと登山ツアー参加を申し込んだ。

２０１７（平成29）年、11月3日の出発で、男女7人のグループだった。他の人はハイキングなどのグループに所属しているらしく、私が一番年上だった。

行程はハードで、早朝4時にフロントで弁当を受け取り、5時出発。マイクロバスで登山口に6時着。6時10分の出発で、まだ暗い中、ヘッドランプを点けてスタートした。トロッコ道を登山道入口まで延々と歩いた。その後、岩がごろごろする道や谷に渡した板の階段を登る。

途中ではウィルソン株や大王杉が目を楽しませてくれた。

縄文杉に近づいてガスが深くなり、天候が心配されたが、それもつかの間、ガスが晴れて雄大な姿を目にした時は大感激だった。直接触れることはできないが巨大な幹から降り注ぐパワーに元気をもらった。

雨が多いと聞いて、雨ガッパやそれ用の下着も用意していたが、天候に恵まれて幸いだった。

登りよりも下りがきつく感じた。グループの一人が体調を崩し、休み〳〵の下山になり、予定よりも遅れたが、無事に帰れて全員でハイタッチして達成感を味わった。

今後、各種ツアーに参加して歩くことも多いと思うが、この時のことを思えば、少々のことは耐えられそうだ。

【投稿文】

貴重な語り部「遺族会」に光を

2018（平成30）年6月10日　当時75歳

いま「遺族」という言葉を聞くと、震災などで亡くなった方々の残された家族を思い浮かべるようだ。「戦争遺族」の存在すら知らない人がいる。

七十数年前、私の父は赤紙（この言葉も死語になりつつある）一枚で召集され、南方の地で散った。同様に300万人を超える犠牲者を出した戦争。その遺族たちも高齢になり、影が薄れつつある。70歳代の自分たち遺児を最後に、戦争の語り部もいなくなるだろう。

私たちの戦没者遺族会は毎年4月、戦争で亡くなった人を祀《まつ》った忠魂碑の前で慰霊祭を行っている。忠魂碑の由来を知らず、散策する人の目には高齢者の集いが奇異にうつるようだ。

地方の遺族会は子どもや孫の世代の平和を願って細々と活動を続けている。毎年8月15日の全国戦没者追悼式は全国でテレビ放送されているが、参加者は年々減少しつつあり、報道も少なくなっていると感じる。

改憲論議が盛んな中、ともすれば時代遅れになりかねない戦没者遺族会に、もっと光をあててほしい。そして遺族会の皆さんには不戦の砦《とりで》として戦争の悲惨さを伝え続けてほしい。

【余　録】

戦後75年、戦争遺族は減りつつあり、記憶の風化も進んでいる。今は日本がアメリカと戦争したことすら知らない若者が増えているという。

現在の遺族会はほぼ戦争遺児で構成されている。戦争で父を亡くした体験や戦後の貧しい生活の苦労を生で語れる最後の世代である。中学生との交流会などで話しているが豊かさしか知らない現代っ子にはなかなか通じない。これからは平和学習で原爆資料館見学や平和資料館

（オキナワ）などを巡り、戦争の悲惨さや戦時の歴史を知ることも大切だ。
日本遺族会では総理大臣の靖国神社参拝を望んでいる。遺族側では「国の為に戦争で命を落した肉親が祀られている靖国神社を国の代表が参拝するのは当然」と思っている。ところが、中国やアジアの一部では「靖国神社参拝は侵略戦争を肯定することになる」ととらえ、総理大臣の参拝に反対している。このような解釈の相違について、日本政府は粘り強く交渉し、是正して欲しい。そして誰もが平和を祈念する靖国神社として参拝できるようにすべきだと思う。

【参　考】

第二章　戦争の放棄
第九条【戦争の放棄、戦力及び交戦権の否認】
1　日本国民は、正義と秩序を基調とする国際平和を誠実に希求し、国権の発動たる戦争と、武力による威嚇又は武力の行使は、国際紛争を解決する手段としては、永久にこれを放棄する。
2　前項の目的を達するため、陸海空軍その他の戦力は、これを保持しない。国の交戦権は、これを認めない。

【投稿文】

日めくりカレンダーは私の相棒

2019（平成31）年3月20日　当時76歳

平成最後となる年が明けて、早くも四半期がたつ。この数年ずっと、企業から配られる日めくりカレンダーを使用していたが、今年は入手できず、別の会社からもらった月めくりのカレンダーで過ごしてきた。

その日の日付の確認は、朝刊や朝のテレビニュースに頼ってきたが、習慣にしていた日めくりがなくなり、何とも心もとなく思っていた。そこで先日、遅まきながら、日めくりカレンダーを購入し、すぐ目がいく元の場所にかけた。

昨日をめくり、新しい一日を迎えることで、たとえ前日に不具合があってもリセットすることができ、明るい光が差し込むような気がする。まさに日々に新たなりだ。

日付の下にある年中行事や節気は、四季の移り変わりを教え、当日の指針を与えてくれる。「今日の格言」は、マンネリになりがちな毎日を引き締めてくれる。

長い人生も一日一日の積み重ねだ。朝一にめくる新しいページに、今日が意識づけられる。これも日めくりの長所である。今、日めくりは私の相棒である。少し気が早いが、来年は元日から使用するつもりだ。

【余　録】

高年齢になって健やかに過すための信条のひとつに「メリハリある毎日を送る」がある。

朝は目覚めの良い方だが、頭の回転が悪く、今ひとつしゃきりしない。私はルーティンとして、朝起きて台所に入ると、まず第一に日めくりカレンダーをめくることにしている。それで当日のスタートへスイッチが入る。すぐに太字の日付が目に入り、今日の予定やすべき家事（ゴミ出し、買物など）について頭をめぐらす。次に格言を読み、時には力づけられたり反省させられたりする。日本には多くの年中行事・記念日があり、それ等も細かく記述してある。余裕があればじっくり読む。今日は何の日か知らないものも多く、とても奥が深く興味を引くこともある。

このように日めくりカレンダーには月めくりにない多くのメリットがあり、今も私のボケ防止を助けてくれている。

「あとがき」

妻が亡くなってから13回忌を迎えようとしている。妻の闘病中は、遠隔地の治療でもあり一時的に離れることもあったが、入院、治療の間はほとんどつき添ったので、治療内容はその都度メモ書きで残していた。一人になって当分は、メモを見直すのも気が重かったが、10年を経った頃から、妻の生きた証として整理し、記録を残しておきたいと思うようになった。

この、続「投稿つれづれ」を発行するに当って、思ったのは投稿文の全編にわたって妻への思いがつまっていることだった。一番辛かったのは、妻の闘病について書くことだった。

当時の記録（検査・入院・治療など）を文に起こす時「こんなこともあった」「あんなこともあった」と、その時々の状況が思い出され、ペンが何度も止まった。

でも苦しいことばかりではなかった。妻の小康状態を選んでの神社巡り、ディズニーランド行き、阿波踊り見物、ショッピング、食事会など楽しい思い出も沢山つくった。まだ書き尽せないことも多いが、妻の生きた証は残せたと思う。

一人暮らしになってからの投稿文で今の心境は伺えると思うが、前向きの気持は失いたくない。改めて書くことが力になっていると思う。

これからも、脳の活性化にも役立つ投稿で生涯現役をめざしたい。

著者略歴

井原　貞徳（いはら　さだのり）

１９４２年（昭和17年）島根県鹿足郡六日市町生まれ
１９６１年（昭和36年）津和野高校卒業
１９６１年（昭和36年）新日本製鉄（現・日本製鉄）光製鉄所入社
１９８５年（昭和60年）ニッテツ電子に出向
１９９９年（平成13年）『愛犬ラックとの15年』（朱鳥社）出版
２００２年（平成14年）9月、定年退職
２００５年（平成17年）『身近な思いを声にして　投稿つれづれ』（朱鳥社）出版
２０１０年（平成22年）『フィリピン慰霊巡礼　平和への祈り』（朱鳥社）出版

２０１８年（平成30年）『フィリピン慰霊巡礼　平和への祈り』（22世紀アート）電子書籍出版
２０１９年（平成31年）『愛犬ラックとの15年』（22世紀アート）電子書籍出版
２０２１年（令和３年）『新聞投稿と亡き妻との日々　ひとり暮らしを健やかに』（22世紀アート）電子書籍出版

新聞投稿と亡き妻との日々
ひとり暮らしを健やかに

2023年1月13日発行
著　者　井 原 貞 徳
発行者　向 田 翔 一

発行所　株式会社 22 世紀アート
〒103-0007
東京都中央区日本橋浜町 3-23-1-5F
電話　03-5941-9774
Email: info@22art.net　ホームページ：www.22art.net

発売元　株式会社日興企画
〒104-0032
東京都中央区八丁堀 4-11-10 第 2SS ビル 6F
電話　03-6262-8127
Email: support@nikko-kikaku.com
ホームページ：https://nikko-kikaku.com/

印刷
製本　株式会社 PUBFUN

ISBN：978-4-88877-140-5